甘く嬌声をあげると、
ら抱きしめてきて、
くと引き攣る伊吹の可愛い獣耳に、
歯を立てて吐息を吹き込んだ。
「伊吹、本当にずっと
抱かれているのは、妖力のため
だと思っていたのか？」
「え……」

ラルーナ文庫

妖狐上司の意地悪こんこん

ゆりの菜櫻

三交社

CONTENTS

Illustration

小椋ムク

妖狐上司の意地悪こんこん

本作品はフィクションです。
実際の人物・団体・事件などにはいっさい関係ありません。

◆序◆

それは古くて大きな樫《かし》の木のある屋敷だった。

秋も深まり、真っ青な空が樫の木の葉で黄色に染まり、きらきらと輝いていた。庭は落ち葉で覆いつくされ、まるで金色の絨毯《じゅうたん》が敷かれているようだ。目にも鮮やかな黄金の世界がそこにはあった。

「大きなどんぐり、あるかな」

小さな妖狐《ようこ》が落ち葉に紛れて、ころんころんといくつも落ちているどんぐりを拾う。

八歳の伊吹《いぶき》は両親に連れられて、妖狐の頭領の五百歳を祝う園遊会に来ていた。

妖狐の中でも力のある家の家長、六狐聖《ろっこせい》が主催する園遊会は盛大で、多くの妖狐が集まっていた。

伊吹も父が『三枝《さえぐさ》』という数字のつく苗字《みょうじ》の六狐聖の家の出身であるため、招待されていた。

「伊吹、あまり遠くへ行っては駄目だぞ」

「うん、お父様」

伊吹は父に手を振ると、樫の木の下へと走った。

落ち葉を踏むたびにカサカサと足元から音がする。それも楽しくて、もっと音がするように、伊吹はぴょんぴょんと飛び跳ねた。

「いたっ！」

「え？」

いきなり声がし、びっくりして伊吹が足元を見ると、樫の木の葉と同じ色、黄金色の尻《しっ》尾《ぽ》を踏みつけていた。

「人が気持ちよく寝ていたのに、なんだ？」

「ご、ごめんなさいっ！」

慌てて足をどけて顔を上げると、樫の木の下に見事な毛並みの耳と尻尾を持った見知らぬ少年が座っていた。その毛並みの良さからも、かなりの妖力を持った少年であることがわかる。

わぁ……綺麗《きれい》な毛色。お陽様を集めたようにきらきら光ってる。

つい伊吹が見惚《みと》れていると、少年の顔が不機嫌に歪《ゆが》んだ。

「見かけたことのない顔だな。お前は誰《だれ》だ？」

彼の鋭い瞳《ひとみ》があまりに怖くて、声が一瞬震えてしまった。

「あ……さ、三枝伊吹です」

「三枝？　ああ、半妖のガキか」

伊吹の父は六狐聖の一つ、名門の三枝の出身だが、母は人間だ。それゆえに今日も母はこの園遊会には顔を出せないでいた。人間は妖狐から見たら、下級種族とされているからだ。半妖の伊吹も嫌われる存在であるが、父の『三枝』の名前の力で妖狐族の末席に一応置いてもらっている。

伊吹自身も、八歳ながら妖狐の中でも母と自分は異質なものなのだと感じていた。

「あの……お兄ちゃんは誰？」

「俺か？　俺のことを知らないのか？」

皆が知っていて当たり前という態度は、きっと彼も六狐聖のどこかの名門の出身なのであろう。

「僕、初めてここに来たから……」

正直に口にすると、少年の顔が少しだけ緩んだ。

「ふん、そうだな。確かにお前とは初対面だ。仕方ない、教えてやろう。俺は九鬼《くき》だ。九鬼忠継《ただつぐ》だ」

やっぱり数字のつく苗字、六狐聖の名門出身の青年のようだ。

「くき……ただつぐ」

名前を反芻《はんすう》した途端、少年にピンとおでこを指で弾《はじ》かれた。

「忠継、さん、だ。俺のほうが年上だろう」

「あ、ごめんなさい、ただつぐさん」

おでこをさすりながら言い直すと、忠継が面白そうに笑った。

「お前、狐《きつね》にしては珍しい毛色だな」

「僕は……は、半妖だから……」

伊吹の毛並みは、他の妖狐が金色系であるのに対して、真っ黒だ。今も耳と尻尾を出しているが、狐ではなく犬か狼《おおかみ》のようだ。

そのため他の妖狐たちに莫迦《ばか》にされることはしょっちゅうだった。だからこの名門出身の妖狐の少年からも、変だと思われたに違いない。

伊吹は無意識に自分の耳を両手で押さえた。

「綺麗だな」

「え？」

「何にも染まらない真っ黒な毛色。艶《つや》やかで綺麗だ」

「綺麗……？」

今までそんなこと言われたことのない伊吹にとって、忠継にどう答えていいかわからなかった。すると忠継が双眸《そうぼう》を細め、じっと伊吹の顔を見つめてきた。

端整な顔をした少年だ。その佇《たたず》まいから、ひどく大人びて見えた。

「あの……」

「これも運命というやつか……」

「うん……めい？」

「お前のことは俺が守ってやる――」

忠継がそう告げたときだった。園遊会が行われているほうから、忠継を呼ぶ声が聞こえた。

「父上か。無視すると、後が面倒だな」

忠継が立ち上がる。身長も伊吹よりかなり高かった。

わあ……背が高い。

伊吹がそのまま見上げると、双眸を細めた忠継と目が合った。

「俺の名前は覚えたか？」

「ただつぐさん」

「よし、忘れるなよ」

忠継はぽんぽんと軽く伊吹の頭を叩《たた》くと、そのまま呼ばれた場所へと歩いていった。

黄金の景色の中でも一際映える忠継の佇まいに目が離せず、伊吹はいつまでも忠継の背中を見つめていた。

それは伊吹が八歳、忠継十五歳の、美しい秋晴れの日のことであった。

◆　壱　◆

伊吹の朝は慌ただしい。現在、伊吹は高校卒業と同時に、九鬼家の家業、祈禱《きとう》師を生業《なりわい》にしている忠継の見習い秘書として就職し、彼の補佐をしている。

「伊吹、お父さんにご挨拶《あいさつ》した？」

「今、行く」

伊吹は母の声に、居間まで顔を出すと、そこに置いてある父の遺影に手を合わせた。

伊吹の父は五年前、伊吹が十三歳のときに交通事故で亡くなってしまった。

「あれから五年になるのね……。あのときはどうしようかと思ったけど、こうやって九鬼の家の人たちに守られて、どうにかやってこられたわね」

「母さん……」

父が亡くなってから、しばらく伊吹と母は一時的に二人で暮らしていた。しかしその生活も長くは続かなかった。

ある日、突然、二人の身に危険が迫り、今は父の親友でもあった九鬼家の家長、忠継の父にあたる忠幸《ただゆき》の家に匿《かくま》われることになったからだ。

それは父の実家、三枝家に因《よ》るものであった。

伊吹が半妖として、妖狐に劣る種族だと三枝の狐から蔑《さげす》まれているときはよかった。しかし父が死んで、そのときのショックなのか、伊吹は自分の本来の妖力に目覚めてしまったのだ。

本来の能力。それは半妖に一万に一つほどの確率で現れるという妖狐の原種、神狐に近い妖力を持つ『原種半妖』の力である。

伊吹はその滅多に現れない『原種半妖』であり、妖狐をまとめる頭領よりも妖力は上ではないかと言われるほどの力の持ち主になってしまった。

すると、今まで伊吹に見向きもしなかった三枝の家が動き出した。妖力の高い子孫を得るために、伊吹を種馬のごとく使おうとしてきたのだ。

「僕が原種半妖だったから、母さんにもいろいろと迷惑かけてごめん……」

「迷惑じゃないわよ。伊吹、あなたが原種半妖という力を得たのは、きっとお父さんが亡くなる前に、そう願ったからだと思うの。あなたには必要な力のはずよ。だからそんなふうに思わないの。あなたはお父さんの誇りなんだから」

父が亡くなり、伊吹の妖力が開花した途端、伊吹は三枝家に一度誘拐され、繁殖用だという牢屋《ろうや》に入れられて、複数の女性に襲われそうになったことがあった。

そのときは伊吹の妖力が三枝の妖狐たちよりも力が勝り、どうにか逃げることができたが、伊吹はとても怖い思いをした。もちろん母にも、かなり心配をかけた。

しかし、それからも三枝家は、さらに用意周到に準備し、何度も伊吹を誘拐しようと仕掛けてきた。その執拗《しつよう》さは異常とも言えた。

そう――。彼らには野望があった。

三枝家は、以前から現代社会での妖狐の立場に不満があり、下級種族である人間を支配し、世界を牛耳ろうとしていたのだ。そのため、人間と共存していくことを望んでいる他の家との折り合いはあまりよくなかった。

三枝家はまず伊吹を使い、自分たちの家の妖力を強くし、妖狐の頭領の座を奪い、その独裁を狙《ねら》っていた。

そこで、元々、九鬼家も含め、他の妖狐族からも反感を買っている三枝家の暴走を食い止めるべく、現妖狐の頭領の命令で、九鬼の家長が伊吹親子を三枝から匿うことになった。

このままでは妖狐一族内での分裂の恐れがあったからだ。

そして現在、伊吹は母と一緒に九鬼の家長の家に住み、その妖力を封じ込めることによって、三枝の者に見つからないようにしていた。

そのため伊吹は小さな妖力しか使えず、忠継の正式の秘書になれる資格も得られず、『見習い』という肩書きをつけて、忠継の傍《そば》で人間の振りをして補佐をする日々を過ごしている。

「さあ、伊吹。そろそろ忠継さんを呼びに行かなければならない時間よ」

「本当だ！　じゃあ、行ってきます、母さん」

伊吹は同じ屋敷の別棟に住む、九鬼家家長の長男、忠継の部屋へと急いで向かったのだった。


伊吹を匿ってくれている九鬼家は、妖狐の中でも、妖力が強く血筋も祖、神狐に繋《つな》がると言われる『六狐聖』の家柄である。

『六狐聖』とは、いわゆる数字のつく苗字を持つ、六家を指す。昔は一から十まですべての数字が揃《そろ》っており『十狐聖』と呼ばれていたが、長い歴史の中で断絶した家もあり、今はそのうちの六家が残っているため、そう呼ばれている。

妖狐の頭領は、原則的にこの六狐聖の家の者で力が強く人望のある者から選ばれる。そのため世襲制ではない。

また六狐聖にはそれぞれの家に家長がおり、頭領の補佐を務めている。こちらも世襲制ではなく、一族の中の会議で決められることになっていた。

忠継は現九鬼家、家長忠幸の長男である。世襲制ではない家長の座であるが、現在、忠継は次期家長の有力候補の一人とされていた。

伊吹より七歳上で、今年で二十五歳になる忠継は、人間で言えばかなりの男前だ。大型の妖狐の血を引いているせいか、四肢は長く肩幅もがっちりしており、欧米人にも見劣りしない体格をしている。

額にかかる黒髪の下に鋭い双眸を覗《のぞ》かせるも、綺麗な二重ゆえ、少し甘ささえ感じさせる。さらに高い鼻梁《びりょう》は、野性的な牡《おす》のイメージを残しつつ、彼を理知的にも見せていた。

忠継の満ち溢《あふ》れる男の色香に、多くの女性が惹《ひ》きつけられ、人気があるのを伊吹は知っている。

伊吹が八歳で、忠継に初めて会ったときから、彼の周りには女性が絶えないのだ。

そのわりには忠継が特定の女性とつき合っている話を耳にしたことがないので、伊吹にとって、彼はそういうこともそつなくこなす、大人の男というイメージを持っていた。

それに比べ伊吹は、今年高校を卒業した、いわゆる社会人ひよっこだ。

少し癖毛の髪は子供の頃から変わらず、毎朝、整えるのに一苦労する代物だ。目も顔の比率から考えると大きめで、男らしさに欠けている。

その上、原種半妖の力に目覚めてからは、滅多に外で遊ぶことができなくなってしまったので、肌も焼けず白いままで、筋肉もつくこともなく、益々男らしさからほど遠い容貌《ようぼう》になっていた。

忠継さんみたいに生まれていたらなぁ……。

忠継の姿を見ては、自分の容姿にコンプレックスを抱き、毎日、地味に傷ついている伊吹である。

伊吹は忠継の部屋の前までやってくると、控えめにドアをノックした。部屋の中から声がしたのを確認し、ドアを開ける。

「おはようございます、忠継さん」

「ああ、おはよう、伊吹」

忠継はすでに身支度を済ませており、コーヒーを片手にソファーに座って、新聞を読んでいた。

「あと五分ほどで、結城《ゆうき》さんがいらっしゃいます」

結城というのは、忠継の正式の秘書で、伊吹の先輩にあたる。九鬼一族の妖狐だ。

「あと五分か。伊吹、こっちに来い」

こっちと言いながら、忠継が自分の膝《ひざ》の上を軽く片手で叩く。伊吹がこの屋敷に匿われてから、毎朝晩に行われる習慣なのだが、そろそろ年齢的にも無理を感じる。

伊吹が傍に行くのを躊躇《ちゅうちょ》していると、忠継が苛立《いらだ》たしげに言葉を足してきた。

「どうした？　結城が来るだろう？　早くここに座れ」

「あの……忠継さん。前にも言いましたが、もう僕は子供ではないので、膝に座るとか、そういうのはちょっと……恥ずかしいんですが……」

正直に言ってみた。しかし忠継は片眉《かたまゆ》をぴくりと動かして、くだらないとばかりに口を開いた。

「何が子供じゃないだ。お前はいつまで経っても俺から見ればガキだ。七つの年の差は、そうそう簡単には埋まらないぞ」

「でも……」

そう言われると、いつまでも貧弱な体つきの伊吹には言い返す言葉がない。

「ほら、早くしないと、結城が来るぞ。それとも、結城にお前が俺の膝の上に座っている姿を見せたいのか？」

「そんなわけないじゃないですか！」

「じゃあ、早く膝に来い」

伊吹は仕方なく、ソファーに座っている忠継の膝にちょこんと座った。

「ほら、口を開けろ」

命令的に言われる。伊吹はいつもと同じく、そっと唇を開いた。

「んっ……」

すぐに忠継の男らしい唇が伊吹の唇に重なる。そして当たり前のように彼の舌が伊吹の歯列を割り、口腔《こうこう》を荒々しく弄《いじ》ってきた。

歯の裏を舐《な》められ、頬《ほお》の裏を擽《くすぐ》るように辿《たど》られる。どうしていいのかわからず、舌を引っ込めると、逃げるなとばかりに、その舌を搦《から》めとられ、自由を奪われる。溢れる唾液《だえき》ごと舌をきつく吸われただけで、伊吹の頭がぼおっとしてくる。

熱に浮かされたようだ。眩暈《めまい》にも似た浮遊感に、伊吹は忠継にしがみついて耐える。すると忠継の片手が伊吹の背筋を撫《な》で上げた。ぞぞっと官能的な痺《しび》れが尾てい骨から頭のてっぺんまで駆け上がる。

「っ……」

唇を塞《ふさ》がれているので、嬌声《きょうせい》を零《こぼ》さずに済んだが、背筋がびくんと仰《の》け反《ぞ》ってしまう。するとキスをしながら、忠継の唇が笑みを刻んだのがわかった。

僕のこと、またからかって遊んでいるんだ――。

悔しいが、七つも歳《とし》が違うせいもあって、忠継は伊吹のことを、いつまで経っても子供扱いをしてくる。でも逆に、半人前の伊吹を大人扱いしてもらっても居たたまれないので、からかわれても、不本意だが受け入れなければならない。

ついムッとして、口づけを続ける忠継を間近で睨《にら》んでいると、背中をさすっていた忠継の指が今度は臀部《でんぶ》へと回り、その狭間《はざま》へ忍び込んだ。

あっ……。

スーツの上から蕾《つぼみ》を刺激される。

忠継さん――！

最近、なぜか忠継がそんなところを触るようになった。だが、そうされると、伊吹の躰《からだ》がぞくぞくとしたわけのわからない痺れを感じ、淫靡《いんび》な感覚が溢れてくるのも確かで、特にそのまま同時に上顎《うわあご》を舌先で撫でられると、下半身に一気に熱が生まれ、どうしようもなくなる。せっかく妖術で隠している耳と尻尾も飛び出そうだ。

「もう……許して……っ」

唇をどうにか外し、伊吹は懇願した。

「今のお前は、これくらいしか役に立たん」

そうなのだ。実はこれも伊吹の妖力を忠継に補充する方法の一つだった。

本来なら秘書として、忠継を妖力からも補佐していかなければならない立場なのに、妖力を封印されている伊吹はそれができない。唯一、体液だけが伊吹のわずかな妖力を彼に与えられる手段だ。その中で一番手軽なのがキスなのだ。

伊吹は自分の役目を改めて思い出し、その唇を忠継の唇へと寄せた。

彼に以前教わった通り、忠継の舌に自分の舌を絡ませ、拙《つたな》いなりにも懸命に応《こた》える。

次第にくちゅくちゅと唾液の交わる音が鼓膜を震わしてくる。頭がくらくらしてくるのは感じているのではなく、きっと妖力を吸い取られているからだ。

長い口づけを交わしているうちに、口許《くちもと》からどちらのものかわからない唾液が溢れ出す。

やっと忠継の唇が離れたかと思うと、顎に伝い落ちた唾液を舌で舐めとられ、思わず伊吹の躰がビクッと反応してしまった。

「相変わらず、初心《うぶ》な反応だな。ま、いい。夜にまた補給するから、妖力、溜《た》めておけよ、伊吹」

「は……はい」

甘い熱で蕩《とろ》けそうになっている意識を、どうにか引き寄せて返事をする。だが、そんな伊吹の様子を忠継は顔を寄せて、面白そうに見つめてくる。

「なんだ？　まさかこんなことで感じたってことはないよな」

忠継の手が無遠慮に伊吹の股間《こかん》の辺りに伸びてくる。慌てて、彼の膝から下りて、伊吹は逃げた。

「セクハラ禁止です！　忠継さん」

「セクハラ？　そんなことは、もっと色気が出てから言え」

「う……」

色気と無縁であることは、当の伊吹が一番よく知っている。なのに、わざわざ口にする忠継は本当に意地悪だ。だがこれでも彼は九鬼の次期家長候補で、いずれは妖狐一族の頭領候補ともなるだろうと言われるほどの人物だ。

子供の頃からのつき合いという気安さもあってか、伊吹には容赦ないところはあるが、彼が他の人にはそれなりに礼を尽くして接しているのは、伊吹も知っている。

時々、ちょっと腹が立つこともあるが、伊吹だけに容赦なく物を言う忠継の態度が、実は心地良いものであることも確かだ。

忠継は誰からも一目置かれるほどの実力の持ち主で、彼に気安く話しかけられる人物はそう多くない。

そんな限られたうちの一人でいられることに、伊吹はとても幸せを感じていた。

それにたとえセクハラ紛《まが》いなことを受けていても、忠継は尊敬できる人物で、こうやって傍で見習い秘書として働くことを嬉《うれ》しく思っていた。

いつかきっと、彼の役に立ちたい――。

それが伊吹母子を助けてくれた忠継に対しての恩返しでもある。

「そういえば――」

伊吹が無言で忠継を見つめていると、彼が何かを思い出したように話しかけてきた。

「お前、昨日、山崎《やまざき》と一緒に昼ごはんを食べに出かけたそうだが、何を食べたんだ？」

「え？」

山崎とは同僚だ。昨日は忠継が得意先での祈禱から帰ってこず、伊吹は同僚と一緒にサラリーマンでごった返す食堂で昼ごはんを食べた。

「何って……普通に」

「普通？　なんだ、言ってみろ」

「えっと……きつねうどん、稲荷《いなり》セットですけど……」

「また、そんな栄養のないもん食っていたのか」

「油揚げ、好物ですし」

伊吹も他の妖狐同様、油揚げには目がない。昨日行った食堂のきつねうどんは、油揚げが絶妙な甘さで煮込んであり、それがまた、うどんの出汁《だし》と見事にコラボレーションしていて、よそではなかなか出会えない一品である。またセットの稲荷寿司も、ほどよい甘さの油揚げが柔らかくご飯を包んでおり、頬張ると口いっぱいになんともいえない旨《うま》さが広がる絶品だ。

伊吹にとっては、一度食べたら病みつきになる大好きな定食だった。

「ふん、山崎と二人っきりで、か？」

「二人っきり……というか、皆さん出払っていたので、益田《ますだ》さんたちと交代で、二人ずつでお昼を食べに行きました」

「二人で何を話したんだ？」

「何を……って」

たわいもない話だったので、あまり覚えていない。一生懸命思い出そうとしていると、みるみるうちに忠継の機嫌が悪くなるのがわかった。

「た……忠継……さん？」

「俺には言えない話なのか？」

「いえ、そうじゃなくて、普通の世間話程度だったので、思い出せなくて……」

忠継の双眸が益々鋭くなって、伊吹は慌てて、記憶を搾り出した。

「あ……そうだ、今度、お稲荷市に皆で行こうかという話で盛り上が……」

「駄目だ」

話の途中で遮られる。

「え？」

忠継の表情が怖い。最近特に、伊吹がどこかに誰かと出かける話をすると、機嫌が悪くなるようになった。

どうしてだろう……。

たぶん伊吹が三枝の妖狐に誘拐されるかもしれないと心配してくれているからだろう。

ここのところ、もうずっと誘拐されることはなくなったが、油断していると、いつまた連れ去られるかわからない。だから忠継はこれまで以上に気を遣ってくれているのかもしれない。

僕自身がもっと注意しないといけないのに……。忠継さんに心配させてばかりだ。

忠継が必要以上に過保護なのは、きっと伊吹がしっかりしていないせいだ。

それに、伊吹が誘拐されて一番悲しむのは、母だ。

母は人間であるがために、伊吹の負担になっていることを申し訳なく思っているところがある。そんなこと思わなくてもいいのに、伊吹が九鬼家に管理され、妖力を封じ込められているのは、全部自分のせいだと責任を感じているのだ。

確かに伊吹が九鬼家に頼らざるを得ないのも、母を守るためだ。自分一人だったら、妖力を封じ込められることなく、三枝からも逃げられたかもしれない。

でも、伊吹は事故で死んだ父と、生前に約束したのだ。

母を絶対に守ると――。

それに、愛している母を守れない自分など、それこそ生きている価値もない。伊吹はあのとき、充分に考えて、今の状況を選んだのだ。

＊＊＊

あれは伊吹が中学生の頃だった。父を亡くしてしばらくしてから、母と二人で山里に身を隠したことがあった。

三枝の誘拐事件があってすぐ、身の危険をひしひしと感じた伊吹と母は、彼らから逃げるため東京を離れたのだ。

父が生前から母のために用意していた結界の核がまだ手元にあったのも、その決意を促した原因でもあった。

結婚した当初からも、人間である母を殺して、父を三枝の家に戻そうと企《たくら》む妖狐がおり、父は念入りに結界を施していた。

父の結界があれば、三枝の狐の目を晦《くら》ますことができる――。

母と二人、そう信じていた。

本当は伊吹が三枝の狐に攫《さら》われた後、忠継に九鬼家に来るように言われていた。

しかし原種半妖という伊吹の体質から誘因されるトラブルに、忠継を、九鬼家を巻き込みたくなかった。それは母も同じ意見で、九鬼家の家長が父の親友であるなら、なおさら頼っては申し訳ないと、今思えば無謀にも二人だけで身を隠したのだ。

当然、すぐに三枝の者に嗅《か》ぎつけられた。そして、人の目がほぼなくなる深夜になると、毎晩のように大勢の妖狐が家の前に現れるようになった。

――それはある晩のことだった。夕食を終え、母と二人でテレビを観ていると、家の壁に何か大きなものがぶつかるような音が響いた。それも何度も何度も、何かがぶつかるのだ。そしてそのたびに家ごと大きく揺れた。

「なんだろう」

しばらくすると、近くで祭でもあるのかと思えるくらい、笛や太鼓の音、そして人々の楽しそうな笑い声が聞こえてくる。ここが人通りの多い場所なら、何ごとかと家から顔を出してしまうところだ。

「わっしょい、わっしょい！」

やがて子供の声も聞こえてきた。どうやら家の壁に当たって大きな音を立てているのは、神輿《みこし》のようだ。

子供が神輿を担いでいる様子が家の外から伝わってくる。

「母さん、夜祭なのかもしれないよ」

「そうかもしれないわね、でも狐の仕業かもしれないわ」

母はそう言って、伊吹を強く抱きしめた。すると玄関のドアが小さな拳《こぶし》で叩かれた。

『伊吹君、伊吹君、お祭だよ。一緒に遊ぼうよ』

「悟《さとる》君の声だ！」

悟君というのは、この村の中学校で友達になったクラスメイトの名前だ。

「やっぱりお祭だったんだ！」

伊吹が立ち上がると、母が強くその腕を引っ張った。

「駄目！」

「でも母さん、あの声は悟君だよ」

「狐かもしれないわ。玄関を開けては駄目よ。玄関にはお父さんの結界が張ってあるから、あちらからは絶対に入ってこられないから！」

母の用心深さには驚いた。それはまだ伊吹には妖狐の本当の怖さが理解できていなかったからかもしれない。

『どうしたの？　伊吹君、いないの？』

悟の残念そうな声が玄関の外で聞こえる。

「母さん、行っちゃだめ？　悟君、待ってるし……」

ここで夜祭に行かなかったら、絶対明日、学校の話題についていけなくなる。

伊吹は母の許可を求めて、じっと母を見つめた。

「お父さんから聞いたの。妖狐同士には合言葉に縛られる、どうしようもない性《さが》があるって」

「合言葉に縛られる？」

「外に向かって、あなたは誰？　って、聞いてみて。妖狐が尋ねた言葉なら、妖狐はどうしても答えてしまう言葉があるの」

「どうしても答えてしまう言葉？」

「人間が尋ねてはその力は発揮されない。妖狐同士だから縛り合う合言葉だって聞いたの。伊吹、外の悟君に尋ねてみて」

「うん」

伊吹は急いで玄関へ行った。早く夜祭に行きたい。だから気軽に外にいるはずの悟に声をかけた。

「君は誰？」

「悟だよ」という答えを当たり前のように期待して、ドアに手をやった。そのときだった。

耳を劈《つんざ》く凄《すさ》まじい声が家中に響いた。

『おねぇぇぇぇぇぇ――――っ！』

「っ！」

何かが近くで爆発したような風圧が伊吹を襲ったかと思うと、母のいる居間まで吹き飛ばされた。

「な、なにっ⁉」

玄関のほうへ目を遣《や》ると、ドアが吹っ飛ばされていた。そしてなくなったドアの先に、にっこりと笑った悟が立っていた。

『ねえ、伊吹君、こっちに来て。外に出てきてよ。僕、この中に入れないよ』

辺りにいろんなものが散乱して無残な様子になっているのに、悟だけはいつもと変わらず、笑顔でそこに立って、伊吹に手を差し伸べてきた。

「さ……さとる……く、ん……」

伊吹が、何かに操られたようにふらりと立ち上がると、母が後ろから抱きしめてきた。

「駄目よっ！」

「母さん？」

「違うわ、伊吹！　あれは悟君じゃないわ。悟君に化けた狐よ！」

「き……つね？」

信じられない気持ちで、もう一度玄関に顔を向け、悟を見つめる。彼の背中から何か白い焔《ほのお》のようなものが揺らめいているのが見えた気がした。

すると、母が伊吹を渡さないとばかりに、背後から抱きしめる腕に力を入れてくる。

「妖狐は妖狐に『誰』と尋ねられたら、『おね』と自然に答えてしまう業に縛られているの。人を騙《だま》すのが妖狐だけど、妖狐同士で騙し合えないようにと、大昔、神狐様がそう決めたとお父さんが教えてくれたわ」

「お父さんが？」

伊吹は再び悟の顔へと振り返った。

「君は、悟君じゃないの？」

『悟だよ、さと……るっ……』

悟と名乗った少年の頭から耳が生えだす。口許もめきめきと音を立てて、耳のほうへと裂け始め、狐の顔へと変わっていく。

「な……」

耳まで裂けた口許がニヤリと禍々《まがまが》しい笑みを浮かべた。

『遊ぼうよ、伊吹君。さあ、こっちへおいでよ』

妖狐が伊吹に近づこうとした途端、大きな嵐《あらし》が起こった。それは家の中をめちゃくちゃに掻《か》き回し、伊吹を抱きしめていた母を後ろへと吹っ飛ばした。

「くっ……母さんっ！」

「伊吹っ！」

母が懸命に手を伸ばしてくるのを、どうにかして摑《つか》もうと、伊吹も手を伸ばした。しかし伊吹の視界の端に、玄関に張っていた父の結界に皹《ひび》が入りだしているのが見えた。

父さんの結界が――――！

「伊吹っ！」

母が自分の命をも顧みず、伊吹へと覆い被《かぶ》さってくる。絶対、伊吹を三枝の狐に渡さないという母の意志が伊吹にも伝わった。

母さん――。母さんだけでも守らないと――！

伊吹はまだ不安定な自分の妖力を使おうと、手のひらを敵の妖狐に向けた。

原種半妖に目覚めたばかりなので、力の使い方もままならない。もしかしたら、母にも危害を及ぼしてしまうかもしれない。

伊吹は覚悟を決めて、手のひらに自分の力を集中させた。

ぐわん！

妖力をまさに発動させようとしたときだった。まだ妖力を発していないのに、いきなり空気が音を発して歪んだような感じがした。躰の芯《しん》から揺さぶられるような違和感に、伊吹は玄関のほうへと再び顔を上げた。

するとそこに、いつの間にか忠継が立っていた。足元には伊吹に攻撃を加えようとしていた妖狐が転がっている。目を凝らすと、外でも大勢の妖狐が地面に倒れていた。忠継が退治したようだった。

「ただ……つぐ……さん」

彼が来てくれたことに安堵《あんど》した。それまで強張《こわば》っていた伊吹の躰から力が抜ける。

「伊吹、助けに来たぞ。遅くなってすまん」

「忠継さん……っ」

忠継に抱き上げられ、一気に緊張から解放されたのか、伊吹の瞳から涙が零れ落ちた。

「伊吹……っ」

きつく、きつく抱きしめられた。とうとう伊吹も声を上げて泣いてしまった。

「忠継さん、忠継さん……っ」

母を助けることに必死で、自分の感情を気遣う暇がなかったところを、忠継の顔を見たせいで、緊張の糸が切れた。中学生にもなって、こんなに泣いたのは初めてだった。

「静子《しずこ》さん、もう意地を張るのはやめてください。一緒に東京へ帰って、我々の庇護《ひご》の下に入ってください」

忠継は伊吹の母に向かって、強く言い放った。母も自分たちだけでどうにかしようという考えが間違いだったことに気づいたのか、力なく答えた。

「忠継さん……ごめんなさいね」

「いいえ、当然のことです。原種半妖は三枝や九鬼といった家だけの問題ではありません。妖狐一族に関《かか》わる大事な問題です。そして原種半妖を産んだあなたも、我々の大切な一族の一人なのですから、気兼ねすることはありません、静子さん」

この夜を境に、伊吹親子は九鬼家に匿われることになった。

あの夜、いつまでも忠継が伊吹の頭を撫でてくれていたことを、今でも忘れられない。本当に忠継が大きく見えた瞬間だった。

いつかこの恩を返したい――。

大人になったら、忠継さんの補佐ができるような立派な妖狐になりたい――。

そう伊吹は願ったが、その後、妖狐の頭領と九鬼の家長らによって、伊吹の妖力は封じ込められ、並みの妖狐よりも力のない妖狐とされてしまった。

もちろん、全部伊吹が納得したことだ。並外れた妖力は三枝の狐たちを惹きつける。母を守るため、九鬼家にこれ以上迷惑をかけないためにも、妖力は封印されるべきだ。

妖力が弱くても、忠継さんを補佐することはきっとあるはず――。

そして伊吹は高校卒業後、自分の夢を叶《かな》え、どうにか忠継の見習い秘書へと就職することができたのだった。

＊＊＊

伊吹が十年前のことを思い出していると、また忠継が再確認とばかりに口を開いた。

「とにかく、お稲荷市など駄目に決まっているだろう。他の家の妖狐も来るかもしれないんだぞ」

「でも、忠継さん、前にうちの管理している区域のお稲荷市には他の家の狐はまず来ないから大丈夫だって……」

素直に『はい』と言えばいいのはわかっていても、頭ごなしに反対されると、伊吹もつい言い返してしまう。自分でもまだまだ子供だと反省する点ではある。

しかしそれは忠継にも言える。伊吹が言い返したことが気に入らないとばかりに、双眸を鋭くするのだ。

さすがに他の人の前ではこんなに表情を露《あらわ》にすることはないが、二十五歳にもなって、どうかと思う伊吹である。

「俺と行くなら、大丈夫ということだ。他の狐、いや人間とも行くのは駄目だ」

やはり忠継は伊吹のことを心配してくれているということだ。しかし伊吹も十八歳だ。少し過保護すぎる気がしてならない。

「忠継さん……」

「わかったな、伊吹」

「……はい」

きつく言われては、受け入れるしかない。伊吹は視線を床に落とし返事をした。すると頭上で忠継が小さく溜息《ためいき》をつくのが聞こえる。

「……そんなに行きたいなら、俺が連れていってやる」

忠継の声に伊吹が顔を上げると、彼の表情が少しだけ緩んでいるのに気づいた。

「でも……忠継さん、ここのところ忙しいし……」

忠継を自分のわがままで振り回すのはあまりにも申し訳ない。まだ子供の頃ならまだしも、今は伊吹も立派な社会人だ。

「お前とお稲荷市に行くくらいの時間を捻出《ねんしゅつ》できないほど、俺は能無しではないつもりだが？」

忠継はぽんぽんと軽く伊吹の頭を叩いた。子供の頃からされている親しみを込めた行為だ。

「あとで結城にスケジュールを確認させよう。誰かと行ったりするなよ」

「すみません」

「『すみません』じゃないだろう。言葉を間違えるな。こういうときは『ありがとう』だろう？」

「あ、ありがとうございます、忠継さん」

「よし」

忠継の手が伊吹の頭をぐりぐりと手のひらで掻き回す。せっかくセットした髪型がぐしゃぐしゃになる。癖毛は直すのが大変なのに、だ。

「忠継さん、髪が！」

伊吹が忠継の手から逃れようと、身を捩《よじ》るのと同時に、ドアの外から声がかかった。

「おはようございます、忠継様。中に入っても宜《よろ》しいでしょうか？」

「結城か、いいぞ」

忠継が答えると、ドアが静かに開けられる。伊吹の上司で忠継の秘書、結城だ。

「おはようございます、結城さん」

「おはようございます、伊吹君」

忠継と同年の結城は、細面の男性にはもったいないほどの綺麗な顔をした九鬼家の狐だ。毎朝、忠継と伊吹を迎えに屋敷に顔を出す。

「伊吹君、その髪型はどうしたんですか？」

忠継にぐしゃぐしゃにされたとは言いづらく、伊吹は答えに詰まった。

「あ……」

答えに迷っていると、横から忠継が助け舟を出してくれた。

「ほら、伊吹、そんなことに答えている暇があったら、三分で髪を直してこい。時間がな

いぞ」

「あ、は、はいっ！　すぐに行ってきます」

忠継のお陰で結城からの質問から逃れられた伊吹は、忠継に言われるまま、猛スピードで、自分の部屋に戻ったのだった。

＊＊＊

忠継は、伊吹が部屋を出ていったのを確認してから、結城に視線を戻した。すると結城が待ちかねたように口を開いた。

「忠継様、また伊吹君を苛《いじ》めていたんですね」

「苛めてはいない。可愛《かわい》がっていただけだ」

忠継は中断していた新聞をまた読み始め、結城から視線を外した。

「どちらでも結構ですが、ドアの外で、いつ声をかけていいやらタイミングを計っている私の身にもなってください。毎朝、私がどれだけ苦労していると思っているんですか？」

「仕方ない。それもお前の仕事だ」

開き直って言ってやると、結城の麗容な眉が神経質そうにぴくりと動く。

「いちゃつく上司の面倒までみていられません。本当に伊吹君に同情しますよ」

「同情するなら、俺にするべきだろう。あんなに美味《おい》しそうな躰が目の前をふらふらしているのに、俺は手を出さずに我慢しているんだぞ。まったく自分の理性が恨めしいほどだ」

「一人で言ってなさい」

結城は呆《あき》れたように言い捨てた。

「だが、それもそろそろ終わりにしないとな。伊吹も高校を卒業して、俺の手元にやってきた。外堀はほぼ埋めたし、囲い込むのにも成功した。そろそろ伊吹にも気づいてもらわなければならないな」

忠継は伊吹と初めて会ったときから、ゆっくりと、しかし確実に彼を手元に手繰り寄せ、手中へ収めることに専念した。

伊吹が忠継の策に気づいても、もうなかなか逃げられないところまで追い詰めている。

「何が手を出さずに、ですか。朝晩、伊吹君の唇を奪っている男が、よく言いますね」

「なんだ、知っていたのか？」

今までそんな素振りなど見せなかった結城だったので、知っていたということに少しばかり驚いた。

「わずかですが、伊吹君から忠継様の匂《にお》いがすることがありますからね。他の狐には気づかれていないかもしれませんが、私には丸わかりですよ。まったく、伊吹君も伊吹君です。忠継様の言葉を信じて、妖力を補給するためなどと信じ込んでいるなんて……」

「それがまた伊吹の可愛いところじゃないか」

忠継の唇にふんわりと笑みが浮かぶ。

「……見ていられませんね」

結城も文句を言うのも莫迦らしくなったようだ。小さく溜息をつく。

「お前も運命の伴侶《はんりょ》に出会ったら、その澄ました顔も熱くなるさ」

忠継はそっと双眸を細めた。

＊＊＊

十年前のあの日――。

その日は見事な秋晴れだった。黄金色に染まった樫の木が、大きな庭を彩っていた。

忠継はそこで運命の出会いを果たした。

妖狐一族のトップ、頭領の五百歳の祝賀会でもあったその日、当時、十五歳であった忠継は、九鬼家の代表の一人として招待されていた。

忠継は、九鬼家の家長の長男でもあったが、次期家長というわけで招待されたのではない。

妖狐は人間と違い、血で家を世襲する習慣はない。すべては力、妖力の強さで決められる。忠継の場合、長男という肩書きに関係なく、妖力に優れ、次期家長候補の一人として、すでに認められていたのもあり、招待されていた。

しかし、本音はこんな堅苦しい集まりに出席したくはなかった。お偉い方のご機嫌取りを長々とできるほど、まだ忠継も大人ではない。それでも園遊会に出席したのは、ただ、ここに来なければならない理由があったからに他ならない。

『そなたの運命を変えるほどの人物が、もうすぐ現れる——』

占術に優れた能力を持つお婆《ばば》の一人が、一週間前に、忠継にそう告げたのだ。

「運命を変える人物？」

「運命の伴侶じゃ。まだそなたは若く、運命の伴侶が現れるのも、普通より早いがの。遅いと百年経ってようやく、という狐もおるくらいだからの」

「十五歳で結婚に縛られるのは嫌だな」

他人が聞けば生意気なことを言っていると思われるかもしれないが、何しろ十五歳だ。いろいろと色恋にも興味がある。即、結婚と言われると、引き気味になってしまうのは仕方がないことだ。

「まあ、そう言わずに。それに早くに現れるというのにも意味があるのじゃ。そなたのような強い力を持つ星に番《つが》うほどの狐じゃ。あちらも普通ではあるまい」

確かに忠継の妖力に見合うほどの伴侶というのは気になるところだ。しかし結婚となると、もう少し後でもいいような気がする。

「お婆、もしその狐と出会わなければどうなる？　また運命の伴侶は現れるのか？」

「そなたと運命の伴侶と出会えるのは一度きりじゃ。これを逃すと――」

お婆がそこで一旦言葉を切った。忠継は先をせかした。

「なんだ？」

「……相手の狐は消える。そしてそなたは負ける」

「負ける？」

「家長の座は見える。しかし頭領までは行けないということじゃ」

忠継は息を呑《の》んだ。別に頭領の座には興味はないが、負けるという言葉が気に食わなかった。それに――。

「相手が消えるというのは？」

「――死ではない。どこか闇《やみ》に隠されるようじゃ」

「闇に隠される？」

益々相手のことがわからなくなる。隠さなければならないような人物が、自分の運命の伴侶だというのも納得がいかない。

咎人《とがびと》なのか――？

意味がわからない。だがわからないからこそ、興味をそそられる。

「その人物といつ会える？」

「たくさんの狐が集まっておるのが見える。そなたの父もいるな。大きな木がある屋敷にそなたがいる……近々、そういう集まりがあるようじゃな、心当たりはあるじゃろ？」

「ああ、ある。そこで会えるのか？」

「会える」

「その人物の特徴は？」

「わからぬ。大きな力が邪魔をしていて、相手のことはあまり見えぬのじゃ」

「お婆、そこは肝心なところじゃないか？　相手の顔もわからないんだ。大体、その日は、本当に大勢の妖狐が集まるんだ。今の情報だけでは、見つけることは難しいぞ」

「そなたの妖力の強さなら、見ただけでわかるじゃろう。妖力の弱い狐がいつまで経っても運命の伴侶が見つからないのは、見つける力がないからじゃからの」

「見ただけでわかる、って……」

なんとも頼りないことだ。

だが忠継のそんな思いとは裏腹に、お婆は楽しそうに目を細め見つめてきた。

「そろそろそなたも大人になるということじゃ。子供の時間は終わりを告げる。運命の歯車は止まらぬからの」


そう告げられたのが一週間前――。

忠継は結局、好奇心にも負け、父と一緒に園遊会に参加することにした。

そしてそこで出会ったのが半妖の仔狐、伊吹だった――。

忠継が園遊会を抜け出し、樫の木の下でちょっとだけ休憩をしていたところ、伊吹の小さな足が忠継の尾を踏んだのだ。

妖狐の仲間のうちでは見たことのない艶のある黒い耳、尾。そしてくりくりとした大きな愛くるしい瞳。だが、忠継はその瞳を見た瞬間、意識が吸い込まれそうな錯覚に陥った。

運命の伴侶――。

忠継の胸に一つの言葉が響いた。じっと少年の顔を見つめていると、あちらもどうしていいかわからない様子で見つめ返してくる。忠継は仕方なく、少年に声をかけた。

「見かけたことのない顔だな。お前は誰だ？」

「あ……さ、三枝伊吹です」

「三枝？　ああ、半妖のガキか」

噂《うわさ》には聞いていた小さな半妖。この少年が自分の伴侶なのかと、一瞬目を疑ったが、それでも忠継の魂がこの少年だと訴えかけているのが手にとるようにわかった。

「あの……お兄ちゃんは誰？」

黒く澄んだ瞳が忠継を見上げてくる。肌は真珠のように白く輝き、頰と形の良い唇だけがほんのりと柔らかい薄桃色に染まっていた。成長したら、さぞ美しい狐になるだろう。

半妖はもともと両種族の劣性遺伝子を引き継いでくることが多い。美醜に関して言えば、劣性遺伝子は美に繫がる遺伝子が多いこともあり、容姿に優れた子供が生まれる確率が高い。この少年も例外なく、優れた姿形をしていた。

いや、忠継が惹かれたのはその容姿ではない。この少年の奥にある魂に、どうしようもなく自分の魂が、心臓が、共鳴した。

「これが運命というやつか……」

忠継は逸《はや》る胸に手を当てた。苦しいほどの激しい鼓動は、忠継の眠っていた本能を叩き起こそうと、懸命に鳴り響いている。

「うん……めい？」

小さな顔が、不思議そうに忠継を見上げてきた。途端、忠継の胸に込み上げてくるものがあった。

この少年を一生、守っていきたい――。

それは衝動だった。理由もなければ、説明もできない感情。

「お前のことは俺が守ってやる――」

強い感情を口にすると、少年の濡《ぬ》れたように潤んだ黒い瞳がわずかに見開いた。

『……相手の狐は消える。そしてそなたは負ける』

ふと、お婆の言葉を思い出す。それは、忠継がこの少年と会わなかった場合の話だ。そして伊吹についても気になることを口にしていた。

『死ではない。どこか闇に隠されるようじゃ』

きっと彼が将来的に何かトラブルに巻き込まれるということなのだろう。それを回避するためには、忠継が必要だということだ。

父の忠継を呼ぶ声がする。忠継は後ろ髪を引かれる思いで、その場を後にした。

少しずつ彼を手元に引き寄せよう。半妖を九鬼の家に入れることについては、揉《も》めるのは必至だ。用心深くことを進めないと、どこからか邪魔が入るのは目に見えている。

特に忠継は、九鬼家の次期家長有力候補の一人だ。忠継がそれを望まなくとも、選ばれる可能性が大きい。それはいろんな画策に巻き込まれることを意味する。

守らなければ――。

彼を守れるほど強くならなければ――。

初めて忠継は、どうでもよかった己の妖力を、価値あるものだと認識したのだった。

＊＊＊

それから五年後。伊吹の父が突然の事故で他界したのをきっかけに、伊吹の奥底で眠っていた本来の力、原種半妖の力が目覚めてしまうことになる。

そのために三枝の狐に狙われることになったが、ここで初めてお婆の占いの意味がわかった。

『——死ではない。どこか闇に隠されるようじゃ』

忠継が伊吹と出会っていなかったら、伊吹は最終的に三枝家に囚《とら》われの身となり、表に出してはもらえなくなっただろう。忠継も伊吹の存在を知らずに、そのまま見過ごすことになったはずだ。

今思えばそれはとても怖いことだ。可愛い伊吹に二度と会えなかったかもしれないと思うと、忠継は最初のきっかけは興味本位であったとしても、伊吹に会いに園遊会へ顔を出した自分を褒めるしかない。

「伊吹君が原種半妖である限り、あなたの運命の伴侶が伊吹君であることに反対する九鬼の狐はいませんからね」

忠継が昔を思い出していると、傍らに立っていた結城がそんなことを口にした。

「まあ、伊吹がただの半妖でも、文句を言わせないくらいの力を俺はつけるつもりだったがな」

結城の言う通り、伊吹が半妖のままなら九鬼の家の狐たちから猛反対されるのは明らかだった。だが原種半妖となると話は一変する。相手が同性であろうと、原種半妖を伴侶に持つことは家の誉れとして歓迎されるのだ。

それは妖狐が血ではなく、妖力に重きを置いていることに由来するのかもしれない。

神狐に匹敵すると言われている、原種半妖の妖力を婚姻によって己に結びつけ、そして性交によって力を分かち合うということは、家の繁栄に繋がるとして、吉事とされるのだ。

そのため、九鬼の家の者のほとんどが、忠継がまだ正式に発表してなくても、伴侶は伊吹であろうと思っている。気づいていないのは伊吹くらいのものだ。

だが、実はそれが問題だった。

忠継としては、伊吹に自分が運命の伴侶だということを自発的に気づいてほしいのに、今のところその思いは空振りに終わっている。

確かに伊吹には難しいことかもしれない。運命の伴侶かどうかわかるには、それなりに強い妖力がなくては駄目だからだ。

忠継と初めて会ったときは子供であったし、さらに半妖でもあったために、妖力は微々たるものだったに違いない。そして原種半妖として目覚めても、三枝のことでそれどころではなかったし、すぐに力を封印されてしまったので、気づく暇がなかったのも簡単に想像できる。

これでは伊吹が気づきたくても、忠継が運命の伴侶だとは気づけないのも仕方がない。

だが、それでも、忠継は気づいてほしかった。なぜなら自分もこれだけ伊吹の傍にいて、さらに可愛さゆえに意地悪なこともしてきて、今さら、好きとか愛しているとかは言いにくいのだ。いや、言えない。

時々、勇気を振り絞って、らしいことを言ってみるも、やはり伊吹は気づくこともなく、さらりと受け流してしまう。本当に厄介なことこの上ない。

大体、あんな濃厚なキスをしても気づかないのだ。妖力があるないの前に、根本的なところで伊吹は鈍すぎる。

「幸せで贅沢《ぜいたく》な悩みかもしれないが、深刻だ……」

「え？　何がですか？」

忠継の小さな独り言を耳ざとくキャッチしたようで、結城が聞き返してくる。

「別になんでもない。それより時間はいいか？　伊吹もそろそろ部屋から戻ってくると思うが……」

そう言った途端、ドアがノックされる。伊吹だ。

「遅くなりました」

ドアの外から、慌て加減がわかるほど切羽詰まった声が聞こえてくる。その姿を思わず想像して、忠継は口許に笑みを浮かべた。

「さて、行くか」

伊吹の声に、忠継は新聞をテーブルに置き、ソファーから立ち上がったのだった。

◆　弐　◆

お稲荷市とは、毎月末日午後から翌月一日午前までの二十四時間通しで行われる、お稲荷さん詣《もう》でのことである。

参道にはいつもある土産《みやげ》店の他に、毎回多くの露店が立つので、いつの間にか『お稲荷市』と呼ばれるようになったらしい。

その日、伊吹は仕事の合間に、忠継に連れられてお稲荷市へと来た。

午後からの客が突然キャンセルとなり、時間が空いたのだ。すると忠継は伊吹が行きたがっていたお稲荷市のことを覚えていたようで、いきなりここへ連れてきてくれた。

忠継さん、本当にこういうところ、ちゃんと気遣う人だよな……。

いつもからかわれて、ちょっと忠継に不満を覚えることもある伊吹としては、改めて忠継は凄《すご》いなと、見直すところである。

「伊吹、早くこっちへ来い。いくらうちの管轄のお稲荷市だからといって、油断していたら危険だぞ」

「は、はい！」

今日もかなりの人出だ。どの露店や参道沿いの店も大勢の人で賑《にぎ》わっている。この不景気、誰もが商売繁盛を願って止《や》まないということだろう。

「ほら、伊吹」

人混みの中、忠継が店で供え物にする油揚げを買い、伊吹に渡してくれた。

「あ、ちょっと待ってください。今、お金を出します」

伊吹がポケットから財布を出そうと、ごそごそしていると、頭上から声が響いた。

「莫迦か。誰が半人前から金を貰《もら》うか。それくらい買ってやる」

「あ……あ、ありがとうございます」

忠継に何かを買ってもらったのが、まるで子供の頃に戻ったような気がして嬉しくなる。

伊吹は感激して、手渡された油揚げをじっと見つめてしまった。

お稲荷市では、三枚の油揚げを笹《ささ》の枝に通したものを、賽銭とともに社に供えるのが昔からの慣わしだ。そのため参拝者のほとんどの手には、笹にぶら下がった油揚げが握られていた。

昔、伊吹もこうやって油揚げをぶら下げながら、歩いたことを思い出す。

「子供の頃、父がお稲荷市に連れてってくれて、とても楽しかったので、もう一度来てみたかったんです。忠継さん、本当にありがとうございます」

少しだけしんみりとした気持ちになってしまったが、忠継がこうやって連れてきてくれたことに、感謝するしかない。父はいなくなってしまったけれど、今は忠継が傍にいてくれることに、まだまだ自分は幸せであると噛《か》みしめる。

「……別にこんなこと、大したことない」

「はい」

忠継が照れて素っ気なく言っているのは、伊吹にも伝わってきて、素直に忠継の言葉に従った。

普段は少し傲慢《ごうまん》な面もあるので人に誤解されやすいが、忠継は本当はとても優しい。

僕は忠継さんのことを、ずっと見ているから、どんなに露悪的になっても、本当の忠継さんを見失ったりしない――。

誰かに忠継が中傷されるようなことがあっても、伊吹は最後まで忠継を見放さない。最後の一人になっても彼についていく。そう決めている。

「相変わらず凄い人だな」

忠継の声に前に目を遣ると、社から長い列ができているのがわかる。皆、順番待ちをしているのだ。

「九鬼の狐も大変ですね」

「当番制にしているが、皆、精根尽きると、愚痴を零している。だが、こうやって信仰して、社を守ってくれる人間がいるからこそ、我々も、この世界に存在する意義があるのだから、ギブアンドテイクでやっていくしかないな」

「ええ」

九鬼家は人間との共存を望む家である。逆に三枝の家は人間を支配しようとしている家であった。

伊吹は九鬼家の意見にずっと賛同している。次期家長候補である忠継が、その考えをきちんと尊重していることを知り、改めて安堵した。

……みんな社に手を合わせているけど、本当は僕の隣にいる忠継さんが一番凄いんだよ。

そんなことをそっと思いながら、伊吹も手を合わす。今日の当番の狐を労《ねぎら》い、感謝を伝えた。するとお参りを済ませた忠継が、前を歩きながら伊吹にふと振り返った。

「伊吹、どこか行きたい店はあるか？　今は仕事じゃないから、遠慮なく言え」

「時間は大丈夫ですか？」

「次の客は五時からだろう？　まだかなり時間がある。なんだ、そんなに俺と一緒にいたくないのか？」

途端、それまで上機嫌だった忠継から不穏な空気が漂う。伊吹は誤解を解くためにも慌てて、言葉を足した。

「そ、そんなことありません。いつも忠継さん忙しいのに、つき合わせて申し訳ないと思っただけです」

「ふん、どうだか。まあ、いい。ほら、どこか行きたい店を早く言え」

「じゃあ……炙《あぶ》り餅《もち》が食べたいです」

ここは素直に言うことにした。忠継に感謝しているのに、それを誤解されて、彼を不機嫌にさせるのも申し訳ない。

ちらりと忠継を見上げると、彼が呆れたような顔をしたのが見えた。

「それは最初から行くつもりだ。お稲荷市に来て、炙り餅を食べずに帰るのは、もぐりだろう」

お稲荷市に来たら、まずは笹の油揚げを買って、それをお供えし、帰るときには名物の炙り餅を食べるのが、地元っ子のお稲荷市の詣で方だ。

伊吹は忠継と一緒に、参道にある炙り餅の店に立ち寄った。どの参拝客もやはりお稲荷市の帰りには炙り餅を食べるようで、店は大賑わいだった。

「今度は僕が買いますね」

「半人前なのに、生意気言うな」

「半人前だけど、今日は仕事抜きで来ているんです。いつものお礼では、炙り餅は安すぎますが、少しくらい僕に感謝の気持ちを表せる機会をくださいね、忠継さん」

「……ったく、お前は」

忠継が頭に手をやる。照れたときに、よく忠継がする、伊吹が好きな仕草の一つである。

「そこで待っててください」

伊吹は忠継を店先で待たせて、炙り餅を買うために中に入った。

お稲荷市名物の炙り餅は、甘辛い醤油《しょうゆ》味のタレがついた一口大の柔らかい餅が、竹串《たけぐし》の先っぽに刺されて売られている。餅を炭火で炙るので、竹串に刺さっているのだ。

そしてそれにきな粉をまぶして食べるのが、通例となっている。

伊吹はテイクアウトで二人分買うために、列に並ぼうとした。だが、そこで聞き知った声に名前を呼ばれた。

「あ、奥菜《おきな》さん！」

奥菜とは母の旧姓で、伊吹が三枝の狐だと周囲にわからないように一般で使っている苗字だった。

「美園《みその》さん」

「こんなところで会うなんて、奇遇ですね」

美園は会社の近くにあるフラワーショップの店員である。九鬼の屋敷に匿われ、ほとんど屋敷から出られない母のために、伊吹はよく花を買って帰る。そのときにいつも相談に乗ってくれる優しい女性だ。

「美園さんもお稲荷市に？」

「ええ、商売の神様ですもの。奥菜さん、お一人？」

「あ、いえ。会社の上司と一緒に……」

「ああ、そうなのね。あの……もし奥菜さんがよければ、今度時間があるときにご飯でも食べに行きませんか？」

「え？」

「あ……ごめんなさい。その、二人っきりじゃなくてもいいの。グループでも。一緒にご飯を食べて、仲良くできたらいいなって思ったから……」

「あ……えっと、一度同僚に聞いてみますね」

「わ、嬉しい。じゃあまた」

美園は伊吹に声をかけたわりにはさっさと去っていってしまった。

目当ては僕じゃなくて、会社の同僚なのかな……。

ちょっぴり残念に思いながらも、伊吹は炙り餅を買うために列に並んだ。


無事に炙り餅を買うことができ、店の前で待っているはずの忠継を探しに外に出る。忠継は、人混みの中でも目立つ存在だ。伊吹は迷うことなく、すぐに彼を見つけた。

「お待たせしました、忠継さん」

「お、美味しそうだな」

伊吹が手に持っていたパックに入った炙り餅を、忠継が覗き込んでくる。黙って立っていれば、どこかのエリートサラリーマンのようにきりっとしているのに、今、伊吹に見せている顔は、昔からの幼馴染《おさななじみ》のやんちゃな表情をしていた。

次期家長候補でもある忠継の、こういった顔を知っている数少ない人物の一人に、伊吹がいられることを嬉しく思う。

「参道の裏の階段で食べるか」

参道の裏には急な階段がある。お稲荷さんはなだらかな坂の上にあるのだが、それは参道から行った場合のことで、本当は小高い丘の上にある。そのため参道から外れると急な階段しかないのだ。

昔はこちらの急な階段のほうが正式な参道で『男道』とされていたが、近年になってゆるやかな坂道の『女道』であった参道のほうが開発され、店が連なり、賑わうようになった。

伊吹は忠継と二人で混み合った参道から外れ、急な階段へと向かった。鬱蒼《うっそう》と生い茂る木々をくぐりながら歩くと、一気に視界が開ける。小高い丘からの眺めは最高で、少し遠くではあるが、東京都心付近もよく見えた。

二人は階段に座って炙り餅を食べた。甘辛いタレの味に、振りかけられているきなこが絶妙で、家族が全員揃っていた頃によく食べた懐かしい味だ。

「伊吹、仕事は慣れたか？　きつくはないか？」

炙り餅を食べながらぼぉっと景色を眺めていると、忠継がふと尋ねてきた。それで伊吹は、このお稲荷市へ彼がわざわざ誘ってきてくれた理由が、伊吹に仕事の様子を聞くためなのだと気づいた。

相変わらず忠継は優しく、過保護だ。

「大丈夫です。日々、結城さんに鍛えられています。少しでも早く忠継さんの役に立てるようになりたいですし……」

「そんなに頑張らなくてもいい。ただでさえ、お前の妖力は封印されているんだ。躰にも多少は負担がかかっている。それを忘れるんじゃないぞ」

「はい」

伊吹はぶっきらぼうでも、こうやってさり気なく気を遣ってくれる忠継に感謝した。

忠継さんは僕の憧《あこが》れだ……。

おこがましいかもしれないが、子供の頃からずっと忠継を兄のように慕っている。

「ほら、お前、食べるのが遅いぞ」

忠継がそう言いながら、自分の分の炙り餅を一本、伊吹のパックの中へ入れてきた。

「忠継さん？」

「お前、これ好きなんだろ？　じゃあ、せめてこれくらいは俺よりたくさん食べろ。お前はもう少し太ったほうがいいからな」

一パック一人前、三本入りの炙り餅が、伊吹のだけ四本入りになる。

「……ありがとうございます」

こうやって食べ物を分け与えてくれる人がいる。父がいなくなって、母しかいない伊吹にとって、それはまるで家族が増えたような気がして嬉しい。

伊吹はぱくりと炙り餅を頬張った。

「美味しい……」

「よかったな」

「ええ」

伊吹が嬉しさに笑ったときだった。

「伊吹、伏せろ」

忠継がそう静かな声で命令したのと同時に立ち上がり、いきなり術を空に放った。

「え？」

『ギャァァァァ！』

けたたましい鳴き声とともに、黒い羽根が目の前に散った。

「カラス？」

伊吹が慌てて空を見上げると、空中で金縛りに遭ったように躰を震わせている大きなカラスが目に入った。

『キツネェ！　キツネェ！　トクベツナ、キツネェ！　ミツケタ、ミツケタァ！』

そう鳴くと、カラスはまるで煙のようにスッと消えてしまった。

「式神か……厄介だな」

忠継が唸《うな》るように呟《つぶや》く。

「式神って……誰が……」

「陰陽師《おんみょうじ》か、我々と同じ眷属《けんぞく》の者か。どちらにしても、ここが我が九鬼家の管轄と知っての侵入だ。しかも、結界の外からここが覗けるほどの力の持ち主でもある。お前に過剰反応していたことから考えても、三枝の狐の手のものだという可能性は高いな」

「三枝……」

またしても三枝の名前が出る。

伊吹はそれまで幸せに膨らんでいた胸が一気に萎《しぼ》んでしまうのを感じずにはいられなかった。

「しばらくお前は俺から離れるな」

ぽんと軽く彼の手が伊吹の頭に載る。忠継を見上げると、彼はそのまま階段を下りていった。もう休息の時間は終わったということだ。彼の顔が仕事の顔へと戻っていく。

それを少し寂しいと感じながらも、伊吹も立ち上がり、忠継の背中を追って階段を駆け下りたのだった。

＊＊＊

忠継の仕事は、六狐聖出身の多くの妖狐が携わっている祈禱師だ。

祈禱に使う呪術《じゅじゅつ》にもいろいろあるが、妖狐は昔から商売の神様として崇《あが》められている。

そのため、政財界の重鎮などから、事業を成功させるためにはどうしたらいいか、大臣になるにはどうしたらいいかなどのお伺いが頻繁にある。その願いを聞き遂げ、相談者が望む道へ導くのが九鬼家の、忠継の仕事であった。

しかし最近、それも少し様相が変わってきた。禁断の術、黒式呪術を三枝家が使っているという噂があるのだ。

黒式呪術。それは相手を呪《のろ》い殺す。または再起不能まで叩きのめす禁忌の術だ。

相談人が願うような道を切り拓《ひら》くのはいい。しかしその相談人の邪魔者や、それに関わる人間を陥れるために呪術を使うことはご法度とされている。

妖狐によって、人間が不幸になることはあってはならない――。

昔、いつの時代かわからないが、先祖の妖狐たちが決めた鉄則だ。

そして人間と共存していくことを選んだ妖狐一族は、それを今までしっかりと守り続けてきた。

しかし最近になって三枝が禁を犯したようだと噂が流れてきた。相談者の邪魔者だけでなく、相談者自身も三枝の狐を裏切ると、死をもたらされるとのことだった。

無言で三枝に隷属させられるのだ。

それでも三枝の家に相談に来る人間が絶えないのは、死をもって契約する術は、何よりも強いからだ。

たとえ三枝の相談者の邪魔をする相手が、他の妖狐の呪術下の者であっても、それを打ち破り破滅に導くほどに、力を発揮する。

それゆえに六狐聖の均衡を崩す一因ともなりかねない事態になりつつあった。

これについては現在詳しく調査中で、三枝以外の六狐聖の家柄の妖狐たちも目を光らせている。さらに三枝の不穏な動きは、すでに他の妖狐たちにも知れ渡っており、妖狐一族の中でも三枝への警戒は強まっていた。


九鬼家の祈禱所は、新宿《しんじゅく》のあるビルの地下にある。

祈禱所というと、白木の社を思い浮かべるかもしれないが、ここは近代的で、神仏のイメージとはまったくかけ離れた、まるで高級ホテルのロビーにでもいるような感じを受ける。

そして、ここはまず一般人は近寄れない場所でもあった。一般の人間は昼間に行ったお稲荷の社などがせいぜいで、ここは上得意だけに特別許される空間だ。

「忠継様、野々宮《ののみや》様がいらっしゃいました」

「わかった」

部下の声に、神職が纏《まと》う白い装束を着た忠継がソファーから立ち上がる。伊吹は忠継について、相談者の待つ部屋へと向かった。

一瞬、伊吹の頬をちりりとした静電気のような感覚が伝う。

なんだろう……。

忠継の広い背中を見つめながら、自分の頬を手の甲で拭《ぬぐ》った。

何かあるのか？

伊吹は咄嗟《とっさ》に辺りを見回した。そこにいるスタッフは普段通りで、誰も何も感じていないようだった。

気のせい――？

伊吹は妖力を封じ込められているが、時々、他の妖狐には感じられないものを感じたりすることがある。もちろん思い過ごしのときもあるので、絶対ということはない。

それに、この九鬼の結界が張り巡らされている祈禱所に、九鬼家に敵意のある何者かが侵入することなどありえない。

伊吹は大きく深呼吸をした。

昼間の式神、カラスの件が心のどこかで引っかかっているのだろう。今からのことに集中しなければならないのに、気が緩んでいるに違いない。

伊吹は改めて気を引き締めて、相談人、野々宮が待つ祈禱室へと向かった。


その部屋に足を踏み入れた途端、空気がピンと張り詰める。

祈禱室は御簾《みす》によって大きく二つに仕切られていた。片側は忠継が座る場所で、相談人の席より一段高くなっている。もう片方は窓も何もない広い部屋で、その中央に相談人の椅子《いす》が用意されていた。

忠継が椅子に座ると、伊吹と結城は忠継の後ろへと控えた。

やっぱり、何か変な感じがする……。

伊吹はいつもと違う空気を感じずにはいられなかった。

そうしているうちに、御簾越しに広がる薄暗い部屋に、ぼんやりとした火が点々と浮かび始める。いわゆる狐火と呼ばれるものだ。

それは部屋の奥まで一直線に並んで点灯しているが、ところどころ消えたりついたりし、その様子から、火や電気ではなく焔が燃えてちらついているのだとわかる。

狐火の焔に照らされて、部屋の中央に野々宮が椅子に座っているのが見えた。

途端、伊吹の背中をなんとも言えない不快な感覚が走りぬける。

忠継さん、気をつけて！

心の中で忠継に用心するよう願う。何か嫌な予感はするが、具体的になんなのかわからないので、伊吹は行動に移すことができない。忠継は御簾越しに、野々宮に声をかけた。

「野々宮様、本日はどのようなご用件でお越しになられたのですか？」

「じ、事業が急に傾き出したんです……」

野々宮がそう答えてすぐに、目で見てわかるほど躰が震えだした。

「うっ……うぉ……おおおぉぉ……」

そして苦しげに呻《うめ》き声をあげ、身を屈《かが》めた。

「野々宮様、どうされたのですか？」

忠継が異変を感じて立ち上がると同時に、野々宮が椅子から転げ落ち、床でのたうち回る。

「祟《たた》り神」

忠継が苦々しく呟く。すると野々宮の躰から黒い色を帯びた瘴気《しょうき》が、シュウシュウと音を立てて噴き出した。

「忠継さん！」

伊吹は慌てて忠継の躰の上に覆い被さろうとしたが、舌打ちが聞こえたかと思うと、いつの間にか逆に忠継が伊吹の上に覆い被さっていた。

ドォォォン！

低い振動が空気を震わせる。野々宮の躰から大きな黒い塊が爆発したかのように飛び出し、矢のようにこちらへ目がけて飛んできた。

「くっ」

忠継が伊吹を庇《かば》ったまま手を伸ばすと、光の幕が現れた。その幕に黒い矢は遮られ、御簾の中まで届くことはなかった。

その隙《すき》に、結城が壁際にあったボタンを押す。すぐに大勢の九鬼の妖狐が祈禱室に雪崩《なだ》れ込んで野々宮を術で取り押さえようとした。

「野々宮様に祟り神が憑《つ》いている。皆、それ以上近づくな」

忠継はそう言って起き上がると、伊吹を結城に預け、御簾をくぐって向こう側の広間へと出ていった。

「忠継さんっ……」

伊吹は忠継を引きとめたくて彼の背中に声をかけたが、忠継はそのまま野々宮の傍へと歩いていってしまった。

獣のように呻く野々宮は呪縛されてはいるが、今にも忠継に襲いかからんとばかりに、もがいている。

「野々宮様、今から祟り神を始末します。少々ご辛抱を」

今の状態では意味も通じないであろう野々宮に、忠継は声をかけた。そしてそのまま結印をして呪文を唱えると、すぐに野々宮が苦しがり始めた。

「胃に食い込んでいるな……」

忠継はそう呟き、己の手を野々宮の腹に突き刺した。そのままズブズブと腹の中に腕を沈める。

やがて忠継は何かを掴んで、野々宮の腹から手を引き抜いた。呪術を使っているので、野々宮の腹には傷一つなく、もちろん出血もない。

忠継の手には凄まじい瘴気を出した黒い大きな目玉が握られていた。祟り神だ。

人間が直接触ったら命に関わるようなものである。妖狐でも力の弱い者であれば、触れば無事では済まないと言われていた。妖力の強い忠継だからこそ直接触れるのだ。

忠継は素早く呪文を唱えると、それを手で握り潰《つぶ》した。一瞬、凄まじい叫び声とともに黒い炎が忠継の手を包み込んだが、すぐに白い煙となって跡形もなく消滅した。

「忠継様！」

それまで控えていた妖狐たちが一斉に忠継の傍へ駆け寄ってくる。

「大事ない。それより野々宮様を医務室へ。気がつかれたら、護符を渡せ。たぶんどこかで三枝の狐に髪の毛か何かを盗まれ、祟られたのだろう」

「かしこまりました」

部下の一人である妖狐が、他の妖狐に指示をし、野々宮を連れ出していく。それを伊吹は結城とともに、忠継の後ろから見送った。

「やはりこの祟り神は三枝の仕業ですか？」

他の妖狐が祈禱室から出ていってから、結城が口を開く。伊吹はその言葉にひやりとした。昼間、式神に伊吹の姿を見られた。あれに関係があるような気がしたからだ。

「たぶんな、昼間、式神に伊吹を見つけられてしまった。だから、これは挨拶代わりじゃないのかな」

「挨拶代わり？」

結城が麗容な眉を少しだけ顰《ひそ》める。

「本気で俺を殺したいと思っているのなら、こんな生ぬるい手は使ってこないだろう？あくまでも挨拶だな、三枝式の」

「そういうことですか」

結城はその説明で納得したようだったが、伊吹は、やはり自分の考え無しの行動がこの事件を起こしてしまった原因だと知り、罪悪感に苛《さいな》まれた。

「じゃあ……僕がお稲荷市に行きたいなんて言わなければ……」

「伊吹、それは違う。大体、三枝はお前がうちにいるなんてこと、とうに知っている。やつらはそこまで間抜けじゃないぞ」

「じゃあ、なぜ……」

「わからないが、たぶん彼らの何かが揃ったんだろうな。あとはお前が手に入ればすべてが揃うんだろう。だから今までとりあえず九鬼家に預けていたお前を、取り戻そうとしてきたんじゃないか？」

「何かって……」

「それはわからない。だが早急に調べないとならないな」

そう言いながら、忠継が少し赤くなった手の甲を舐める。それで伊吹は彼の右手が軽い火傷《やけど》を負っていたのに気づいた。

「忠継さん、怪我《けが》……」

「ああ？　ああ、これか。大したことない。舐めておけば治る」

忠継は再びぺろりと自分の右手を舐めた。その様子に結城が小さく溜息をついて、ちらりと伊吹に目を向ける。

「瘴気による火傷ですから、万が一悪化してはいけません。伊吹君、忠継様の怪我の手当てをしてください。私は野々宮様の様子を見てきます」

「あ、はい。わかりました。忠継さん、隣の控え室に」

「まったく大袈裟《おおげさ》だな」

文句を言いながらも、忠継は伊吹の言う通り、控え室へと移ってくれた。

伊吹はすぐに控え室の棚に常備してある救急箱を持って、忠継の隣に座る。

箱の中には妖狐一族に伝わる秘伝の薬が詰まっていた。そこから火傷に効く塗り薬を取り出して、忠継の右手に塗る。

「あまり無理はしないでくださいね、忠継さん」

「無理をしたのはお前だろう。力がないくせに、俺を庇おうとして。逆に迷惑だ。いいか、今後、こういうことをするなよ」

「……すみません」

忠継の言うことはもっともなことなので、伊吹はただ謝るしかない。しかし謝っても、二度と忠継を庇うことはしないという約束はできない。たぶん、また同じようなことがあっても、伊吹は忠継を庇うと決めている。

伊吹にとって忠継は上司でもあり、そして心から守りたいと思っている大切な七歳上の幼馴染でもある。

異端である自分を、子供の頃から何かと気にかけてくれていたのは親以外、忠継だけだ。口は悪くても、優しい妖狐であることを伊吹は充分知っている。

それに、彼こそが将来の九鬼家、家長に相応《ふさわ》しいし、ひいては妖狐一族の頭領になるのは彼しかいないとずっと信じている。いつか伊吹の妖力の封印が解かれる日が来たら、忠継のため、妖狐一族の平和のために使いたいと思っていた。

だから忠継さん、ごめんなさい。その言いつけは守れません……。

心の中だけで謝罪する。

「そういえば、伊吹。お稲荷市で炙り餅を買うとき、誰かに話しかけられていたな。あれは誰だ？」

「え？　美園さんのことでしょうか。彼女でしたら、この近くのフラワーショップの店員さんで、僕がよく花を買うのに相談に乗ってくれる方ですが……何か」

伊吹が聞き返すと、忠継は首を横に振った。

「いや、考えすぎかもしれん」

「考えすぎ？」

伊吹が問い返すと、彼の知的な色を秘めた瞳が伊吹を見つめてきた。

「今日、式神が結果の外からとはいえ、こちらを覗いていたことに俺が気づかなかったのは、何かこの結界内で、式神の存在をわかりにくくするようなものが仕掛けられていた可能性がある」

「仕掛けられていたって……」

「それで、そういえば見知らぬ人間がお前に声をかけていたな、と思い出しただけだ」

美園が忠継に疑われていることを感じ、伊吹はすぐに彼女の目的を知らせた。

「美園さん、フラワーショップの商売繁盛を願って来ていたようですが……」

「まあ、彼女が妖狐ではなく、人間であることは一目瞭然《いちもくりょうぜん》だけどな」

忠継レベルの妖力の持ち主だと、妖狐が人間に化けていても、大抵は見抜くことができる。

「それなら……」

「ああ、彼女には関係ないだろう。だが用心するに越したことはない。伊吹、お前、絶対一人で出歩いたりするなよ」

「はい、気をつけます」

伊吹はそう言いながら、忠継の右手に包帯を巻いた。

「おい、それは大袈裟すぎるぞ」

「駄目です。せめて塗り薬が肌に浸透するまでは包帯は巻いておいてください」

伊吹が珍しく引かずに強く言うと、忠継は嫌そうな顔をしたが、結局は伊吹に言われるがまま包帯をした。

「……昔、お前にこうやって包帯を巻いてもらったことがあったな」

唐突にぽつりと忠継が独り言のように呟いた。

「ええ、忠継さん、怪我しているのに、よくみんなに隠していましたから、僕が巻くしかなかったんですよね」

「嫌な言い方だな」

彼が迷惑そうな表情をする。そんな顔は普段の忠継なら絶対見せない。見せるのは気を許している相手だけなので、伊吹は嬉しくて、ちょっとだけ笑ってしまった。

「僕に言われたくなかったら、忠継さんが怪我をしないようにしてくださいね」

「まったく、お前は相変わらず減らず口だな。そんな口は塞いでしまわないといけないな」

「え？」

「ほら、伊吹。今夜のキスをしろ」

鷹揚《おうよう》に言われ、伊吹はびっくりした。

「な……忠継さん、ここはまだ祈禱所です。誰かに見られたら、たとえ力のやり取りでも恥ずかしいです」

「誰もここには来ない。大丈夫だ、ほら」

忠継が座ったまま、ぺろりと伊吹の唇を舐めてきた。

「ひゃっ……」

そんなことをされるとは思わず、変な声が出てしまった。

「火傷した分、お前の妖力よこせ」

「た……忠継さん」

「ほら、伊吹」

催促され、伊吹は勇気を出して忠継の唇に自分の唇を寄せた。何度しても恥ずかしい瞬間である。

「っ……」

伊吹が唇を重ねた途端、忠継の舌がするりと口内に侵入してくる。上顎を舌先で擽られたかと思うと、きつく伊吹の舌を吸ってきて、相変わらず忠継の舌に翻弄《ほんろう》される。

長い、長い口づけに、口腔に痺れたような感覚が生まれる。やがて忠継の舌が動くたびに、どうしてかゾクゾクと背筋が震えるようになる。椅子に座っているのも辛《つら》い。

このままでは、自分がおかしくなってしまいそうな気がしてきた。

あっ……た……ただ……つぐ、さんっ……もう、だめ……。

忠継の腕から逃げようともがいたときだった。彼の手がゆっくりと伊吹の股間へと滑り落ちた。

「っ！」

伊吹は驚いて、彼の胸板を強く押し返した。すぐに彼の唇が離れる。

「どうした、伊吹」

「忠継さん……そ、そんなところ触らないでください」

忠継の指は伊吹のベルトのバックルをすでに外し、スラックスの中へと忍び込もうとしていた。

「妖力をやり取りする方法に、もう一つキスよりも効率的なやり方がある」

「こ……効率的……なやり方？」

「ああ、お前の精液だ。お前の精液を俺が飲むのが一番効率的に妖力を受け取れる」

はいっ⁉

「なっ……そんなこと！」

そんなこと知らなかった！

伊吹は愕然《がくぜん》とする。そんな破廉恥な行為が一番効率的なんて信じたくない。

「今まではお前が子供だったから、あえてするのをやめていたが、もうお前も十八だ。俺の補佐として役に立つためにも、さらに一段階上の接触方法をとらないとならない」

「そんな……」

とてもではないが、尊敬する忠継に男のソレを咥《くわ》えさせる、しかも自分のモノを咥えさせるなんてできない。忠継だって本当は嫌なはずだ。

「そんなこと、忠継さんにさせられません。摂取時間が長くなってもいいので、キスで僕の妖力を受け取ってくれれば……」

「本来、原種半妖というのは、その子種に最大の力があるとされている。そのために種馬のごとく使おうとする輩《やから》が現れるくらいだからな。お前は知らないのかもしれないが、口づけを交わし唾液を共有するのと、精液を飲むのとでは、まったく妖力の強さも違ってくる」

「妖力の強さ……」

一瞬淫《みだ》らな行為にも思えたが、忠継の妖力を強くするためには、避けられない役割なのかもしれない。

忠継も妖力を強くし、九鬼家を盛り立てるために、意に沿わなくても男のイチモツを咥えようとしているのだ。きっと責任感の強さゆえに、こんなことを言ってくるのだろう。

忠継さんだって、こんな男のモノなんて、絶対咥えたくないはずだし……。

伊吹は拳にぐっと力を入れた。

自分だけ甘えたことを言っていてはいけない……。

「あの……上手くできないかもしれないですが……」

伊吹が言い終わらないうちに、忠継が待ちかねたとばかりに言葉を畳みかけてきた。

「そうか。伊吹なら応えてくれると思っていた。多少は恥ずかしいかもしれないが、俺と二人だけだ。心配するな」

なんだかよくわからないうちに強引に引き寄せられる。いつもと違う様子の忠継に少しだけ躊躇する。

「た、忠継さん？」

「ほら、スラックスを脱がせてやる。足を上げろ」

スラックスを腰から引き抜かれそうになる。ウエストの辺りからちらりと白いブリーフが目に入った瞬間、伊吹は居たたまれないほどの羞恥《しゅうち》に襲われた。

「ま、待ってくださいっ、忠継さん！　や、やっぱり、ちょっと……」

スラックスを引き上げて、下着が見えそうになるのを死守する。

「そうやってもったいぶっているほうが、いやらしいぞ、伊吹」

「でも、心の準備が……」

泣けてきそうになる。だがそのときだった。控え室のドアをノックする音が響いた。

「忠継様、結城です。入っても宜しいですか？」

その声に一瞬気を取られた忠継の隙を突いて、伊吹は彼の腕から飛び退《の》いた。勢いで椅子から転げ落ちてしまうが、そんなことに構っている暇はない。結城にこんな姿は見せられない。猛スピードでベルトを締めて、衣服の乱れを正す。

しかしその様子を呆気《あっけ》に取られて見ていた忠継は、伊吹が完璧《かんぺき》に衣服を整えたのを確認し、小さく舌打ちをした。

「ちっ、惜しいな」

何が惜しいかわからないが、伊吹はとりあえず何もなかった顔をして、控え室の隅に身を寄せた。

「いいぞ、結城、入れ」

「失礼します。怪我の手当ては終わりましたか？」

結城が普段と変わらない様子で、部屋に入ってくる。どうやら気づかれていないようだ。

「ああ、終わった」

「じゃあ、伊吹君は医務室へ行ってください。先ほどの捕り物で怪我をした者がいます。手当てをしてあげてください」

「はい」

伊吹は忠継から離れられることに内心ホッとして、救急箱を片手に控え室から逃げることに成功したのだった。


「おい、結城、お前、このタイミングでノックしたの、わざとだろう？」

忠継は不機嫌を隠すことなく、自分の秘書である結城をじろりと睨んだ。しかしその睨みをものともせず、鋭い瞳で睨み返される。

「当たり前です。まったく、控え室で何をやっているんですか。いつ部屋に入ろうか、タイミングを計るのが大変でしたよ」

「どうせなら、もっと後で入ってくればいいだろう」

「何が、後で、ですか。純真な伊吹君を騙してフェラをしようとしたスケベ上司が」

スケベ上司を強調され、忠継の口許がへの字に歪む。それでも容赦なく結城の小言が続いた。

「大体、二十五にもなって、本命には手が出せないって、どれだけヘタレなんですか。さっさと伊吹君に告白でもして、つき合ってもらったらいかがですか？」

「俺が、もらうほうなのか？」

結城の言い分に、つい片眉がぴくりと動いてしまう。

「二十五にもなって、何を言っているんですか。あなたが頭を下げる側に決まっているでしょう。どうして、そううだうだしているんですか……」

「仕方ないだろう。俺は伊吹をこんな小さい頃から知っているんだぞ。おいそれと簡単に手が出せるか」

こんな、と言って、忠継は自分の腰より下に手を遣った。小さい頃から純粋に忠継を慕ってくれていた伊吹は、大人になっても今尚、忠継を敬愛してくれている。

確かにそれはそれで嬉しいが、疚《やま》しい心を持つ忠継にとって、それが眩《まぶ》しすぎるときがあるのだ。伊吹の純粋さに負けるとでも言うのだろうか。

「はぁ……伊吹君もあなたがずっと傍で守ってきたせいか……ちょっと過保護すぎたというか、本当に純粋にここまで育ってきてしまいましたからね。こんな涎《よだれ》を垂らした狼が隣にいるのに、腹を出して寝ている子狐、昨今、なかなかいませんよ」

その通りである。それゆえに忠継は手が出せない。さっきみたいに騙すようにして、伊吹に触れるのが精一杯だ。

……ったく、わかれよ、伊吹。

伊吹の鈍さに嘆くしかない。

時々、忠継もこのまま尊敬する年上の幼馴染として一生過ごしたほうがいいのかもしれないと思うこともある。だが、やはり伊吹への愛情は、伴侶として抱く感情そのもので、友人や幼馴染で収まる感情ではなかった。

運命の伴侶――。

お婆にそう言われたのもあり、確かに初めは意識したかもしれない。だが、その後は、自分でも信じられないほど、伊吹に気持ちが引き寄せられていった。

お婆に言われたからではない。本気で目の前の子狐に恋をしたのだ。

忠継は、伊吹が十八歳になるまでにプロポーズを済ませ、十八歳なったらすぐに伴侶として迎え入れようと思っていた。だが、実際は、タイミングが上手く摑めず、プロポーズどころか、キス以上のこともできずにいるヘタレと成り下がっている。

だが、それだけ忠継にとって伊吹が大切な存在であるということだ。

「はあ……このままでは、伊吹も十九歳になっちまうな」

忠継は自分の前髪をガシガシと掻き回したのだった。

＊＊＊

忠継が妖狐の里山に高校の夏休みを利用して戻ってきていたときのことた。

妖狐の子供は基本、中学生までは里山で過ごし、その間に人間としての生活を学び、姿も人間として完璧に化けられるように訓練する。

そして中学を卒業と同時に、人間界へ紛れ、普通に高校に入ったり、就職したりするのが通例であった。

忠継も他の妖狐の子供と同じように、里山を出て東京の高校へと入学した。

しかし休みになると、妖力の鍛錬のためと、里山の小学校で学んでいる伊吹の様子を見に、里山に戻ってきていた。

忠継は子供の頃からその妖力の強さで、九鬼家の妖狐の中でもめきめきと頭角を現し、次期家長候補として、名を上げていた。

しかしそれは忠継にプレッシャーを与えることにもなった。

同年代の妖狐たちの一部から嫉妬《しっと》されるのはもちろんのこと、何にしても優秀な成績を収めなければならず、失敗は許されなかった。

忠継の場合は、その高いプライドのせいで、一生懸命やっているところを人に見られるのが嫌いで、いつも人知れず妖力の鍛錬に努めていた。そのため無理をしていることも多かった。

「あ……忠継さん、もしかして怪我をしてる？」

まだ十歳になっていない伊吹が小さな頭を傾けて、忠継を見上げてくる。

「……昼間にちょっと足を捻《ひね》った……かな」

「やっぱり」

そう言うと伊吹は鞄《かばん》から塗り薬と包帯を取り出した。

伊吹の鞄には十歳らしからぬ、救急道具が入っている。それは忠継が怪我をしていることが多いと、彼が知ってからだ。

七つも年下の彼は、忠継の気持ちを推し量り、彼なりに気遣ってくれているのだ。

「お前、ほんと、よく俺が怪我をしているのがわかるな」

「だって、忠継さんの気が違うもん。なんかちょっと弱い感じがすると大抵、怪我をしていることが多いし」

伊吹は半妖で、妖力が弱いのだが、妖狐が発する『気』みたいなものには敏感だった。特に忠継に関しては、ほぼ完璧に体調を言い当てる。時々本当は妖力が強いんではないかと思わせるほどだった。

「昼間にやった試合稽古《げいこ》で、ちょっとヘマをしただけだ」

「また平気な顔をして稽古をしていたの？」

「痛いって顔をしたら、相手を喜ばすだけだ。あいつら俺を負かしたくてしょうがないんだからな」

「そうなのかな……」

「フン、お前は子供だから、そういうことがまだ理解できないだけだ」

頭領の園遊会で出会って以来、忠継は当初、伊吹のことを『七歳下の子供』という認識をしていたが、次第に彼が子供のわりにいろいろと気を回すことに気づいた。

たぶんそうせざるを得ない環境に、彼が身を置いていたからであろうことは忠継にもすぐにわかった。

半妖という、人間でも妖狐でもない存在であることと、人間の女性を妻にした伊吹の父の三枝家における立場を微妙に感じ取っていたのだろう。

伊吹の父は忠継の父の親友で、妖力の強い狐であった。三枝の家でも将来を嘱望《しょくぼう》されていた狐の一人だったと聞いている。それを一族の反対を押し切り、人間の女性と結婚し、子供をもうけたのだ。

それゆえに、その風当たりは強く、何にしても三枝の一族の妖狐らは、人間の妻やその子供のせいだと、伊吹たちに嫌がらせをしていたらしい。

「……それに他のやつらが、俺を完全無欠だと相手が思っていたら、大人になっても立ち向かってこないだろ？　そうしたらお前だって守ってやれる」

「え？　守ってくれるの？」

伊吹が何かに弾かれるように顔を上げた。そしてただでさえも大きな瞳をさらに大きくさせる。伊吹のその様子が可愛くて、忠継は抱きしめたくなる衝動を抑え、ぶっきらぼうに答えた。

「……お前は俺の子分だろ」

伴侶と言いたいところだが、十歳の子供相手に十七歳の少年が言うのは犯罪紛いだ。

「うん。ありがとう、忠継さん」

本当に嬉しそうに伊吹が笑ってくれたので、逆に忠継の胸が柄にもなくきゅんとする。

「でもね」

伊吹の声に忠継は再度彼を見つめた。

「僕は忠継さんを守りたいんだ……」

「え？」

思わぬことを言われ、今度は忠継が驚く番だった。忠継が固まったのを見て、伊吹は何か誤解をしたのか、力なく俯《うつむ》いた。それでも勇気を振り絞った様子で、言葉を続けてきた。

「あ……こんな力のない僕がそんなこと言っておかしいかもしれないけど、いつか僕、忠継さんを支えられるような妖狐になりたい。そうしたら、こうやって誰にも知られずに忠継さんが怪我をしていても、すぐに手当てできるでしょ？」

そう問われて、忠継は答えることができなかった。

胸が震えるというのだろうか。こんなに切ないほど心が揺さぶられたことはない。

やはりこの少年は自分の隣にいるべき相手なのだと確信する。

「……そうだな。じゃあ、お前も俺と一緒にいられるように、誰からも認められるくらい勉強しろよ。妖力が弱いのは俺がなんとかしてやるから」

「本当？　わかった、僕勉強するね」

伊吹は力強く頷《うなず》いた。

守りたい――。

ずっと愛してやりたい――。

そんな思いがじわじわと忠継の躰の奥底から湧《わ》き上がってくる。

半妖の伊吹を九鬼家の家長候補とされる忠継の伴侶に迎えることは難しい。だからこそ、忠継がもっと強くなって、誰にも文句を言わせないほどの力をつけなければならない。

忠継の足首を、どちらを捻ったとも言っていないのに、伊吹は左側に薬を塗り包帯を巻き始める。

その小さな頭を忠継は荒々しく撫でてやった。本当は優しくしてやりたいのだが、まだ十七歳の忠継では、恥ずかしさが先にたち、そんなことが簡単にできない。それでも伊吹は嬉しそうに忠継を見上げてきた。

「忠継さん……あ、流れ星！」

「え？」

いきなり伊吹の瞳が忠継の背中越しの夜空へと向けられた。急いで振り向くが、忠継は流れ星を見逃してしまった。しかし満天に輝く星空が目の前に広がる。東京ではなかなか見えない、里山ならではの風景だ。

「わ、願いごとできなかった」

伊吹が悔しそうに言う。あまりに悔しそうなので、忠継は伊吹の願いごとがつい気になってしまった。

「何か願いごとがあったのか？」

「うーん……まずは忠継さんと一緒にいられるように、かな。でも間に合わなかったから、一緒にいられないかも……」

子供らしくそんなことでしょんぼりする伊吹の手を忠継は上から握ってやった。

「……また今度、流れ星を見たときに願えばいいだろう。それまで待っててやる」

「本当？　僕が強くなるまで待っててくれる？」

「ああ、俺が嘘《うそ》をついたことがあるか？」

「ない、ないよ！」

嬉しそうに大声で答えたかと思うと、再び伊吹が目を大きく見開いた。

「また流れ星！」

今度は忠継も一瞬だが目にすることができた。

「今度は願えたか？」

「うん」

伊吹が大きく頷く。それを見て、忠継も年甲斐《としがい》もなく張り合った。

「俺も願ったぞ」

「忠継さんも間に合ったの？」

彼が驚いたような顔をするのも愛《いと》おしい。

忠継は双眸を細め、伊吹を改めて見つめた。

「ああ」

「なんて願ったの？」

「お前とまだ腐れ縁が続くように、かな」

「忠継さん……」

伊吹の目がみるみるうちに潤んだのがわかった。

「……ありがとう、忠継さん。僕、半妖だけど、いつまでも一緒にいてね」

半妖ゆえに他の妖狐から孤立し、寂しい思いをしている伊吹につけ込んだ形かもしれない。それでも忠継は自分の存在を深く伊吹に刻み込み、多くの妖狐や人間から忠継だけを選んでほしいと願っている。

卑怯《ひきょう》でもなんでもいい。彼と結ばれているはずの赤い糸を手繰り寄せたい。

「そろそろお前の親も心配するだろう？　帰るぞ」

「うん。あ、忠継さん、今夜うちに寄ってく？　お母さんがご飯用意してくれるって」

「そうだな、伊吹のおばさんの料理、美味しいしな。行くか」

「わあ、嬉しい！」

忠継は立ち上がると、伊吹に手を差し伸べた。彼がその手を掴み、そして放さないとばかりにぎゅっと握ってくる。忠継もまた、それを強く握り返してやった。

今はこれでいい。いつかきっと、伊吹に自分の思いを伝えて、彼を幸せにする――。

忠継はそう思いながら、伊吹と二人、家路を急いだのだった。

＊＊＊

そして忠継は、その後も伊吹が大切すぎて、何年もキス以上の仲に進めないでいる。

「そろそろ理性の限界だよな。俺も二十五だし……」

一体、今まで何をしていたのかと、自分を責めるが、時はすでに遅しである。

「だからといって、無理やりとか許しませんよ。伊吹君は私の可愛い部下の一人なんですからね」

傍らで結城が釘《くぎ》を刺してくる。そもそも文句ばかり言うのなら、結城も手助けをすればいいのにと、忠継の怒りは他人へと向けられる。

「なら、お前も少しは協力しろ」

「伊吹君に手当てしてもらえるよう配慮したつもりですが？」

「……ノックをするのをもっと遅くすればよかっただろう」

「あなたがスケベ心を出しすぎたから、諫《いさ》めたのです。ここは祈禱所ですよ」

もっともなことを言われ、口を噤《つぐ》むしかない。

「さあ、そろそろ野々宮様が目を覚まされます。状況の説明を忠継様からお願いします」

「わかった」

忠継は椅子から立ち上がり、そのまま野々宮が運ばれた医務室へと向かった。

＊＊＊

一方、伊吹は結城の指示に従い、医務室へと先に向かっていた。

エントランスの近くを通ったときだった。スタッフの一人に呼び止められた。

「奥菜さん」

この仕事でも偽名を使っている伊吹は、スタッフの声に立ち止まった。

「何かありましたか？」

「一階の受付に、ミソノさんといわれる女性が至急奥菜さんにお会いしたいと、いらっしゃっていますが……」

「ミソノさん？」

「近くのフラワーショップに勤めていると言われていましたが」

「え？　あの美園さんがここに？　どうしたんだろう……。あ、でも今ちょっと手が離せないから、あとで店へ行くと伝えてくれませんか？」

「それが、私のほうからも今は忙しいと伝えたのですが、どうしてもお会いしたいと強く言われて……」

「え……？」

美園の様子を聞き、少し心配になる。美園がそんなふうに伊吹の仕事場を訪ねてくるのも初めてであるし、しかも少し親しいかもしれないが、あくまでも普段はフラワーショップの店員と客としてしか接点がない。仕事場まで押しかけられるほど親しくはないのだ。

でも――、そうしなければならない何かが、彼女にあったのかもしれない――。

なんでもない理由で彼女がここまで来るとは思えなかった。

「わかりました。申し訳ないのですが、医務室にいる怪我人の処置をお願いできますか？僕は少しだけ彼女に会ってきます」

「いえ、こちらこそ、お忙しいときにすみません。じゃあ、私は代わりに医務室に」

「宜しくお願いします。僕もすぐにそちらへ参りますので」

伊吹はそう言って、近くのエレベーターに乗り込んだ。

地下に祈禱所があるのは一般には知られていない。同じビルの一階と二階にダミーの会社を作り、伊吹はそこに勤めていることになっている。

エレベーターを降りて、一階の受付まで行くと、必死な様子の美園が見えた。向こうも伊吹に気づいたようで、目に見えてホッとした表情を零す。

その表情からも、彼女が伊吹にとても会いたがっている様子がわかった。

「美園さん、こんなところまでどうしたんですか？」

「お忙しいところ、ごめんなさい。奥菜さんにどうしても会っていただきたい方がいるの」

「僕に？」

「うちのオーナーが外で待っているんだけど、少しいいかしら」

「え？　オーナーってフラワーショップの？」

伊吹の質問に答えることなく、美園は強く手を引っ張って、伊吹をビルの外へと連れ出した。

「美園さん！」

様子がおかしいと思って伊吹が声をあげた。すると、目の前にいきなりふらりと、スーツを着た一人の男が現れた。

「奥菜さんですね？　いつもうちの店で花を買ってくださってありがとうございます」

男が笑みを浮かべるが、目が笑っていないことはすぐにわかった。その笑みが不気味で、伊吹はつい後ずさってしまう。だが。

「っ――――！」

足を半歩だけ下げた途端、ビリリッという鋭い痺れが走った。足元を見ると、そこには結界が張られており、伊吹をしっかりと捕らえていた。

「なっ……」

「話の途中で帰られてしまっては困るので、少しだけ足止めをさせてもらいました」

男が笑顔を貼《は》りつけたまま、伊吹へと一歩近づいてくる。男の躰から白い焔がゆらゆらと立ち上《のぼ》っているのが見えた。

刹那《せつな》、既視感を覚えた。これは母と山里に隠れていたときに見たことがある――。

この人、人間じゃない――。

伊吹が男の正体に気づいたときには、男が伊吹の顔を覗き込めるほど近くにいた。

「奥菜さん、あなたは誰ですか？」

あ――。

瞬間、母が昔言っていた話を思い出す。

『妖狐は妖狐に「誰」と尋ねられたら、「おね」と自然に答えてしまう業に縛られているの』

「お……」

駄目だ、口にしたら駄目だ！　狐だとばれてしまう――！

伊吹は必死に自分に言い聞かせた。三枝の妖狐、原種半妖であることは、誰にもばれてはならない。そのために忠継たちに力を封印されているというのに――。

「奥菜さん、もう一度聞きますよ？　あなたは『誰』ですか？」

「あ……お……」

躰の奥で眠っていた妖狐の本能が、暴れだす。妖狐の力を封じ込められていても、神狐の呪縛からは逃れられない。

「お……おね……っ」

口から零れてしまった音は意味を成し、男の耳へと届く。そして初めて男の双眸が本当の笑みで細められた。

「フフ……見つけたぞ、我が三枝の原種半妖よ」

「あっ……」

それまで足元だけを捕らえていた結界が、伊吹の全身に襲いかかる。まるでロープに縛られたように、結界で身動きできなくなる。

「伊吹っ！」

背後から忠継の声が聞こえた。

「忠継さんっ！」

伊吹は後ろをも振り向けないまま、忠継の名前を呼んだ。するとすぐに躰を締めつけていた結界が解かれる。忠継が解いてくれたようだ。

伊吹がそのまま力なく地面に崩れそうになったところを、忠継が後ろから抱えてくれた。

「大丈夫か、伊吹」

「はい……すみません」

抱きかかえられたところに、男の声が頭上からした。

「九鬼家の忠継殿ですか?」

その声に、忠継の双眸が鋭くなる。伊吹をあとから来た結城に預けると、そのまま立ち上がった。

「いかにも。貴様は誰だ。人の結界の外に伊吹を呼び出し、誘拐しようとするのは何事だ」

「これは自己紹介もせずに失礼を。初めまして、私は三枝光利《みつとし》と申します。伊吹の伯父《おじ》にあたります。あなたの結界は少々厄介で、三枝の狐にはこたえるものですから、伊吹にこちらへ来てもらっただけですよ。それに、誘拐なんてとんでもない。我が三枝家の原種半妖、伊吹を返してもらいに来ただけです」

「伯父……」

伊吹は初めて見る伯父の顔を見上げた。父が生きていたときに会ったことがあるかもしれない。しかし半妖であった伊吹に会いたがる親族はあまりおらず、しかも会ったとしてもいつも父の背中に隠れていた伊吹は、その顔を見ることもなかった。

ただ、記憶の中にある父の面影がこの男にはあった。兄弟ゆえだろう。

「それに誘拐という言葉を使うのなら、九鬼家のあなたたちのほうではありませんか?伊吹が原種半妖だとわかった途端、私たちから奪い去り、こうやって術で彼から妖狐の匂いを消し去っている。悪意を感じますがね……」

「物は言いようだな。妖狐一族の全員が、三枝のしようとしていた悪事を知っているぞ。それに伊吹を巻き込もうとしたこともな」

「悪事？　その証拠はないと思いますがね。それに我が三枝家のことに巻き込まれるのは、伊吹が三枝の妖狐である以上、免れないことですよ」

伊吹は黙っていられず、忠継と光利の会話に口を挟んだ。

「父が亡くなり、僕の妖力が開花した途端、あなた方が僕を誘拐したのは確かです。繁殖用だという牢屋に入れられて、僕は当時十三歳であったにもかかわらず、大勢の女性に襲われそうになりました。あれが免れないことなんですか？」

「三枝の妖力を高めるためだろう。お前にしかできない役目だ」

「そんな役目、ありえません！」

伊吹は伯父に歯向かった。しかし光利は反抗的な伊吹に驚くこともなく、笑みさえ浮かべた。

「まあ、いい。結果的にはお前は役に立っているからな」

その言葉に伊吹だけでなく忠継も光利の顔を訝《いぶか》しげに見つめた。

「美園とつき合って、まだ半年も経っていないそうだな」

「え？」

一瞬、伊吹は光利の言っていることが理解できなかった。忠継も驚きを隠せない表情で伊吹を振り返ってくる。

「半年って……つき合うって……どういうことですか？」

「私に知られていることに動揺を隠せないか、伊吹。仕方ない。さあ、美園、お前から教えてやれ。二人のややができたとな」

美園が光利に背中を押され、一歩前に出た。

「美園さん……？」

未《いま》だ状況が摑めず、伊吹はただ美園の様子を窺《うかが》うことしかできない。

「奥菜さん……いえ、伊吹さん。私、赤ちゃんができたの。あなたと私の子供よ」

あまりに衝撃的な告白を受け、伊吹は一瞬頭の中が真っ白になった。そのため伊吹よりも忠継のほうが早く反応して、伊吹の両肩を摑み揺さぶってくる。

「伊吹、それは本当なのか？」

伊吹は忠継の声に我に返り、慌てて答えた。

「あ……いえ、違います。本当なはずはありません！」

そのまま美園にも告げる。

「美園さん、僕たちはそんな関係になったこと、一度もありませんよね？」

「嘘！　私たち、もうつき合って半年になるわ。子供ができたら結婚するって約束してくれたのを忘れてしまったの？」

「え……」

伊吹は言葉を失った。人はとんでもない嘘の前では、ただただ呆然《ぼうぜん》として、何も言えなくなるというのを、身をもって知る。そんな伊吹を尻目《しりめ》に、光利は美園に尋ねた。

「美園、伊吹はお前の言っていることを否定しているが、お前が嘘を言っているのか？」

美園は光利の声に首が振りきれるほど左右に振った。

「いいえ！　このお腹の子は伊吹さんの子です！」

伊吹は美園のその態度にただならぬものを感じた。先ほど受付にいたときといい、必死すぎる。

何かわけがあるのかもしれない――。

伊吹がそう気づいたとき、忠継が再び問いかけてきた。

「お前、本当に違うんだな。彼女とは何も関係ないんだな」

「あ……」

ここで『はい』と素直に頷けば、美園に困ることが起きるのではないかと、伊吹は直感的に察した。

どうしよう、どう答えたらいいのかわからない――。

「伊吹！」

忠継の声色に苛立ちが含まれる。久々に怒りに満ちた忠継の声を聞き、伊吹は震え上がった。素直に答えたくなる。だが、美園を見捨てることもできなかった。

美園さんが、必死に僕にＳＯＳの信号を送っているような気がする……。

どうしたら――！

答えに困窮していると、忠継が伊吹の襟を摑み上げてきた。息が詰まる。

「伊吹、あの女のお腹にいるのは、お前の子供なのか？」

少なくとも三枝の狐がいる前では、違う、とは言わないほうがいい。

「……あとで……説明します。忠継さん……っ」

ぴたりと忠継の手が止まる。伊吹の気持ちを理解してくれたのかと、ほっとしたのも束《つか》の間、彼が酷《ひど》く怒っているのが伝わってきた。

「た……忠継さん？」

忠継の手が伊吹から離れる。それがどうしてか、まるで捨てられたような気にさせられ、伊吹の胸を切なくさせた。

忠継さん……。

伊吹がそのまま忠継の背中を見つめていると、彼が小さく息を吐いた。それはまるで気を落ち着かせているようにも見えた。そして忠継は再び光利と向き合った。

「……光利殿。今夜はこれで一度お引き取りください。こちらもいろいろと混乱しております。後日、改めてご連絡いたします。」

「いや、早々に伊吹を連れて帰ろうと思っております」

光利も強い態度を示す。

「ですが、こちらも、そちらの言い分だけ聞いて伊吹を渡すことはできません。それにこのことについては、九鬼家、家長である忠幸の采配《さいはい》が必要です。それにこちらは彼の亡くなった父上からも彼の身を託されておりますので、安易にそちらへお渡しすることはできません」

「そちらの都合など関係ない」

「そのお言葉は、我が家長、忠幸の意見を、三枝家が無視をすると言っていると受け取って宜しいか」

「っ……」

光利が一瞬気色ばむ。しかし忌々しそうな目つきで睨みながらも、一歩引いた。

「わかりました。今夜はこれで一旦戻らせていただきます。ですが早々にも伊吹をこちらへお返しください。この子供の父親なのですから、責任はとっていただく」

「一つお聞きしたい。その女性は妖狐ではなく、人間であるのに、どうして三枝家の配下に置かれているのか？」

伊吹もそのことについては疑問に感じていた。妖狐でない彼女がどうして三枝の下にいるのかわからなかったからだ。

「伊吹が手を出したからですよ。伊吹の不始末は三枝の不始末。妖狐の子供を宿したなら、彼女を保護するのは当たり前です」

「半妖の子でもか？」

「原種半妖の子だからですよ」

光利の目が忠継から伊吹に向けられる。冷たい光を宿したその瞳に、伊吹の背筋に得体の知れない震えが走った。しかし同時に、彼の嘘も見抜く。

違う。僕は彼女とそんな関係を持ってない。だから美園さんを保護したうんぬんの話も嘘に違いない。これはきっと三枝の罠《わな》だ――。

伊吹は光利の目をきつく睨み返した。光利はそんな伊吹に不遜《ふそん》な笑みを零した。

「では、今夜はこれで失礼します。さあ、美園さん、行きましょう」

光利は美園の肩を軽く押して、それ以上は揉めることなく、その場から去っていった。

その背中を見つつ、伊吹が胸を撫で下ろしていると、傍らに立っていた忠継から鋭い声が飛んできた。

「伊吹、来い」

乱暴に手を摑まれ、引っ張られる。伊吹が女性を妊娠させたと思い込んでいるであろう忠継からは、怒りがひしひしと伝わってくる。

半人前で仕事もまだままならないのに、恋にうつつを抜かしていたと誤解しているのだろう。

仕事に厳しい忠継である。それは充分ありえる理由だ。

どこか落ち着いたところで、きちんと忠継さんに話をして誤解を解かなきゃ……。

伊吹は忠継に引っ張られるまま、忠継専用の控え室へと連れ込まれた。


控え室に入った途端、乱暴にベッドに押し倒される。忠継専用の控え室には、仮眠もできるように、大きなベッドも用意されていた。

「忠継さん！　誤解です」

とにかく伊吹はすぐにでも誤解を解こうと口を開いた。

「何がどう誤解だ？　女を孕《はら》ませるつもりはなかったとでも言うのか？」

「そうじゃないです。僕はあの女性とは何も関係ありません」

そう言えば、すべて解決できると信じていた。だが、忠継は双眸を鋭くしただけだった。

「忠継さん……」

「伊吹、もし、そうなら、どうしてあの場所で、三枝家の狐の前で、それを言わない。俺はお前に尋ねたよな」

「それは、美園さんに何かわけがありそうで、それを三枝の狐には知られたくない様子でしたから、明言を避けただけです。決して疚しい気持ちからじゃありません」

「何かわけがありそうとか、知られたくなさそうとか、そんなことがわかるとは、お前があの女と親しいということだな」

「そんな親しいというほどでは……」

風向きが悪いほうへと変わっていくのを伊吹は肌で感じずにはいられなかった。

「それに、あの女は確かに妊娠していた。でまかせではないからな」

「え……」

思わぬ事実を聞かされ、伊吹は弁解する機会を失った。

「妖力を使えばそれくらいはわかる。しかもお腹の子は妖狐の血を引いている」

「それは本当ですか？」

「顔色が変わったな、伊吹。なるほど、お前自身、そのことを知らされていなかったんだな。それで急にこんな話を、しかも三枝の狐から告げられ、動揺したということか」

「違います、忠継さん！」

忠継によって勝手に話を作り上げられていく。伊吹の言葉を聞き入れようとしてくれなかった。

「たとえ美園さんの赤ちゃんが妖狐の血を引いていようとも、それは僕ではありません。忠継さんなら、父親の血が僕の血ではないことくらい見えるのではないのですか？」

「残念だが、妊娠二ヶ月ほどでは、赤ん坊から感じる妖力も微々たるものだ。父親の姿を見ることは、さすがの俺でもできん」

「なら、僕が父親だという確証もないはずです」

「ああ、確かに力であの女の赤ん坊が誰の子か調べることはできないが、お前があの女を以前に抱いたことがあるかどうかはわかる」

「え……」

思いも寄らないことを言われ、伊吹は固まった。

「俺がお前を抱けば、お前がどんな女を今まで抱いてきたか、すぐにわかる」

「な……何を言うんですか、忠継さん……」

「抱かせろ。お前の身の潔白はそれしか証明できん」

「抱かせろ……って、忠継さん、正気ですか？」

「ああ、正気だ。お前があの女を孕ませていないと主張するなら、証拠を見せてみろ」

忠継がベッドに体重をかけてきた。それまで押し倒されていた伊吹の躰がさらにベッドに沈む。

「童貞だと思っていたが、俺に隠れていろいろやっていたのか？」

「……やっていません。むしろ忠継さんのほうがいろいろしていたのでは？」

「ふん、こんな状況で俺に説教をするのか？　俺の場合はお前と違って、本命はいるが、それに手を出せないから、捌《は》け口を他に求めるしかなかったからだ。本命が抱かせてくれるなら、他はいらない。ましてや誰かを孕ませることなど絶対しない」

忠継さん、本命の人がいたんだ……。

「っ……」

急に伊吹の胸に痛みが走った。どうしてかわからないが、今の言葉のどこかに伊吹を傷つける何かが含まれていたようだ。

たった一人の幼馴染で尊敬していた忠継に、伊吹の知らない本命の人がいたからだろうか。それとも、内緒にされていたことに傷ついたのだろうか。

どう考えても、気持ちはすっきりしなかった。

「伊吹、そうやって無抵抗でいるということは、俺に抱かれる覚悟ができたということか？」

「え……あ、違います！　忠継さん、冗談もそこまでにしてください。これ以上は冗談になりません！」

「冗談であるものか」

忠継の手が乱暴に伊吹の服を剝《は》ぎ取っていく。それでも初めは、何かの冗談かもしれないと思って躊躇し、抵抗もあまりできなかった。しかし、シャツを脱がされ、下着にも彼の手がかかったとき、伊吹はようやくこれが冗談ではないことに気づいた。

「忠継さんっ！」

忠継の胸を両手で押し退けようとしても、もうがっちりとホールドされ、びくとも動かなかった。

「遅い、伊吹。男に襲われそうになったら、本気で抵抗しないと、お前のような男は簡単に食われるぞ」

「あっ……んっ」

いきなり嚙みつくような獰猛《どうもう》なキスに襲われた。それでも伊吹は抵抗して、自分の唇を塞ぐ忠継の口づけから逃げた。だがすぐに顎を摑まれ、再び激しく唇を奪われる。

「んっ……んっ！」

何かが口の中に滑り込んでくる。それは忠継の舌ではあるが、一緒にカプセルのようなものを喉《のど》の奥へと流し込まれるのを感じた。そのまま彼の唇が離れる。

なに——？

伊吹は自分が何を飲まされたのか不安になり、忠継を見上げた。

「媚薬《びやく》だ。男に抱かれるのは初めてだろう？　お前に苦痛を与えないように用意した」

「び……やく？」

その言葉を耳にし、言い知れぬ恐怖が伊吹の奥底から湧き起こってきた。忠継にこのまま抱かれてしまうかもしれないという恐怖と、飲んだことのない媚薬などというもので、自分がどうなってしまうのかわからない不安に、心が押し潰されそうになる。

「やだ……忠継さんっ……」

「駄目だ。これはお前の言っていることが本当かどうか調べるためだ。あの女の腹の子がお前の子ではないという証拠を俺に見せろ」

彼の双眸からは怒りの色しか見えない。いつもの冷静さや理性的な輝きは憤怒《ふんぬ》によって瞳の奥へと消えてしまっている。

「あ……っ」

こんなに忠継を怒らせてしまったことにも困惑する。彼がどうしてそこまで激昂《げきこう》を露にするのかわからない。仕事を疎《おろそ》かにして恋にうつつを抜かしていると誤解され、呆れられるだけかと思っていた。

どうして――？

涙が溢れそうになった。ずっと子供の頃から敬愛していた忠継を怒らせたことも悲しい。でも、忠継に誰か好きな人がいたことを思いがけず知ってしまったことにも、悲しみが満ちた。

忠継さんに好きな人がいてもおかしくないのに……なんの根拠もなく、ずっとこのまま忠継さんと一緒にいられるんだと思っていた……。

確かに結婚しても一緒にいられるかもしれないが、それとは別のものが、漠然と伊吹の胸を苦しめた。

なんだろう、この思い――。

よくわからない感情に心を締めつけられる。しかし今はそんな思いに気を取られている場合ではなかった。忠継に他に思い人がいるのなら、なおさらこの状況は好ましくなかった。たとえ誤解を解く方法だとしても、忠継には抱かれたくない。

まるでそれは本命がいるのに、伊吹を抱くということは、伊吹も捌け口の一人だと言われているような気がしてくる。それに本命の人にも申し訳ない。

「忠継さんっ……えっ……」

突然、ドクンッと大きく躰が震えたような感じがしたかと思うと、続いてどくどくと心臓が激しく鼓動し始める。すると末梢神経を刺激するような鋭い痺れが下半身から生まれた。

「な……なに？」

「そろそろ媚薬が効き始めたようだな」

「な……本当に媚薬を……」

今尚、忠継を信じたい気持ちが伊吹の中で膨れ上がる。彼がそんなものを使うはずがないと――。

動けずにいる伊吹の下着も、とうとう彼の手によって脱がされる。

「ほら、まだ触ってもいないのに、お前の下半身が勃《た》ってきたぞ」

耳元に唇を寄せられ、卑猥《ひわい》なことを囁《ささや》かれる。

「っ……」

それだけで、伊吹の躰がぞくぞくと寒気にも似た震えを覚えた。

「男に抱かれるのはさすがに初めてだろう？　丁寧に扱ってやる。心配するな、伊吹」

「忠継さん、目を覚ましてください。こんなの……おかしい！」

「おかしい？　そうだな、お前とこういうことをずっとしたいと思っていた俺はおかしいのかもしれないな」

え……？　それ……って、どういう……。

気になることを言われ、意味を考えようとしたが、忠継が無防備だった伊吹の下半身の先端を指の腹で撫でてきて、考える邪魔をする。

「ああっ……」

「可愛いな、お前のここの先端の孔がひくひくして、汁を垂らしているぞ。まるで俺が欲しくて涎を垂らしているようだな」

「忠継さん、そんなこと言わないでください っ……」

「言葉だけで恥ずかしいのか？　それでよく女が抱けたな」

「抱いてません……っ、あ……っ」

「抱いてない、か……まあ、それが今から嘘かどうかわかるか」

「ただ……つぐ、さんっ……」

下着もすべて脱がされた伊吹は、ベッドの上で鎖骨から胸、そして腰の辺りまですべて忠継の目の前に晒《さら》されていた。

「女が抱けそうな腰じゃないな。抱いたら壊れそうだ」

忠継が、まるで猛禽類《もうきんるい》が獲物を狙うときの目のように鋭く双眸を細めた。

彼の指が伊吹の肌の上を滑る。ゆっくりと鎖骨から胸へ、そして胸の中心で控えめにしていた突起へと移った。乳首を軽く摘《つま》まれる。

「あっ……」

ぴりりとした痺れが走る。その様子を見て、忠継が愉《たの》しそうに話しかけてきた。

「感じやすい躰だ。媚薬のせいだけじゃないな」

「ちが……ああっ……」

「色っぽい声だな、伊吹、意外だったたな、お前にこんなに色気があるとは……」

媚薬が効いているのは伊吹も認めざるを得なかった。忠継が触れるところすべてから淫靡な痺れが生まれるのだ。普通じゃない。何倍もの快感が溢れ、伊吹を翻弄する。

「無垢《むく》なお前がそんな欲望をおっ勃てて悶《もだ》える姿を目にする日が来るとは思わなかった」

忠継がそう言いながら、伊吹の下半身を意地悪く指で弾いた。

「あぁあっ……」

途端、ぴゅっと蜜液《みつえき》が先端から噴き出してしまった。

「こんな刺激で、もう出たのか？　そんなんじゃこの先、大変だぞ？　伊吹」

「や……だ……っ」

掠《かす》れる声で抵抗しても、威力などまったくない。

媚薬のせいか、恐ろしいほどの快感の塊が伊吹に襲いかかってくる。理性を保つのも危なかった。

「やっ……怖っ……い……変、僕の躰……へ、んっ……あっ……」

人間化しているのも限度だ。どくんと鼓動が大きく響いたと同時に、伊吹の尻尾と耳が飛び出した。

「やあぁっ……」

伊吹が喉を仰け反らせると、忠継の喉が愉しそうにククッと鳴った。

「久々だな、お前の可愛い尻尾と耳を見たのは。何年ぶりだろう」

忠継が伊吹の耳を噛んだ。

「あぁああっ……」

尻尾と耳は妖狐の性感帯だ。ぎりぎりのところで踏み止《とど》まっていた理性が脆《もろ》くも深い闇へと堕ちていく。

真っ暗な闇の中、媚薬による淫猥《いんわい》な風が吹き荒れていた。躰の芯で燻《くすぶ》っていた快感の焔が勢いよく煽《あお》られ、伊吹の躰に燃え広がっていくようだ。

「あ……ふっ……」

次第に普段感じたことがないほどの性への渇きが、伊吹を翻弄し始めた。激しい情欲にどうしていいかわからなくなる。

「伊吹、先に抜いてやろう」

「……た……忠継さん？」

忠継はその手を伊吹の膨れ上がった劣情へと伸ばした。

「あっ」

そっと伊吹の震える男根に触れたかと思うと、忠継は何かに弾かれたかのように、いきなり激しく擦《こす》り上げてきた。

「伊吹――」

「あっ……あああっ……」

いやらしい湿り気を帯びた音が、忠継の手のひらの中から聞こえてくる。

忠継の親指と人差指で作られた輪っかから、伊吹の桃色の亀頭《きとう》が顔を出しているのが目に入った。そのあまりの卑猥さに身の毛がよだつ。

「や……こ、こんなの……っ……」

伊吹の下半身の先端で口を開いた小さな穴を、忠継が爪《つめ》を立てて、ぐりぐりと抉《えぐ》ってきた。

突然、全身を電流で貫かれたような刺激が走った。ピンと伸びきった尻尾がブルブルと小刻みに震え、伊吹に限界が近いことを教えてくる。

熱い何かが込み上げた。一瞬、頭が真っ白になる。

「あああっ……」

呆気なく伊吹は己の熱を吐き出してしまった。大量の精液で自分の腹と忠継の手をしとどに濡らす。

息苦しい。胸を上下させ大きく呼吸をしてみても、追いつかないほどだ。

すると忠継が、伊吹の撒《ま》き散らした精液を指で掬《すく》いとって、粘り気を確認した。

「かなりのぬめりだな。伊吹、少し溜めすぎじゃないのか？」

忠継の言葉に、ただでさえも火照《ほて》っていた躰がさらに熱くなる。耳も垂れ下がり、今にも躰が蕩けそうだった。

「今日は今までのものも含めて、抜いてやる。そしてお前が女を抱いたかどうか確かめてやる」

「忠継さん……っ」

まだ呼吸も整っておらず、息をするだけで精一杯の伊吹に、忠継が覆い被さってくる。

「見たことのないお前の顔が見たい――」

「あっ……」

彼の指先が伊吹の脇腹《わきばら》を撫でる。与えられる愛撫《あいぶ》に身のやりどころがなく、伊吹は悶えるしかなかった。さらに、今達《い》ったばかりだというのに、伊吹の劣情は再び頭を擡《もた》げ始めている。

そんな――！

「さあ、見せてみろ」

「あっ……忠継さんっ」

抵抗しようにも、すかさず忠継に足首を掴まれ、両足をぐっと左右に開かされる。

忠継の目の前に己の浅ましい姿を晒し、伊吹は泣きたくなった。こんなことを憧れていた年上の幼馴染にされるとは思ってもいなかった。

「いい眺めだ」

伊吹がどうしていいのかわからないほど動揺しているというのに、忠継は伊吹の破廉恥な姿を目にし、愉しげに双眸を細めた。

どうして彼がそんなに愉しげなのかわからない。こんなに困っているのに、それを嬉しそうに見つめる忠継が信じられなかった。

「なぜ、こんな……ああっ……」

いきなり、忠継が精液で濡れた指を伊吹の双丘に滑り込ませてきた。尻尾の付け根の蜜孔に指が這《は》わせられる。

「どうしてそんなところを……汚いです。触らないでっ……」

「男同士のセックスの仕方を知らないのか？」

「え……」

「ここに俺のを挿《い》れるしかないだろう？」

ここと言いながら、伊吹の慎ましく閉じられた蕾を指の腹で軽く突かれた。

「あ……」

『抱く』という意味が、彼を受け挿れる行為であることを、伊吹はようやくきっちりと理解した。ただ抱き合うのではない。男女の営みと同じことをするのだ。この排泄《はいせつ》器官を使って――。

あまりの生々しさに伊吹は眩暈がし、慌てて忠継から逃げようと腰を引いた。

「もう遅い、伊吹」

忠継の指が遠慮なく伊吹の孔へと挿れられる。

「やぁっ……」

伊吹が抵抗を見せるも、忠継はそのまま躊躇《ためら》うことなく、伊吹の股間に顔を近づけ、そしてその欲望を口に含んだ。その様子のいかがわしさに伊吹はぎゅっと強く目を瞑《つむ》った。

しかし、視界を塞いだせいか、快感が下肢からせり上がってくる感覚に余計敏感になる。下肢で蠢《うごめ》く忠継の指の動きも鮮明に脳に伝わってきた。

「んっ……あぁ……！」

艶めいた声が伊吹の口許から零れ落ちる。どうしようもない恥ずかしさに目を開けると、伊吹のものを咥えている忠継と視線が合った。

「あ……」

ぶるると伊吹の背筋が震える。たぶん下半身からも何かが溢れてしまった。

伊吹を咥えている忠継の唇の端が笑みを浮かべる。

や……もう、だめ――。

そう思う傍から、忠継が伊吹の先端をきつく吸い上げてくる。

「あ……ああ……ああああっ……」

奥の奥まで根こそぎ吸いつくされる。そしてひとしきり吸い終わると、忠継は舌を巧みに動かしながら、伊吹のものを愛撫し始めた。やがて伊吹の後ろの蕾に挿入されていた指の動きも激しくなってくる。

「お願……い、忠継さ……ん、指を抜いて……く、ださ……いっ……」

「だめだ、ここをきちんと解《ほぐ》さないとな」

そう言いながら忠継は伊吹の中を指で掻き回し始めた。そしてある場所を擦られた瞬間、恐ろしいほどの愉悦が湧き起こり、耳が勢いよく立ち上がった。

「はああっ……あああっ……んっ！」

意識さえも一瞬飛びそうになるほどの悦楽に、伊吹はわけがわからなくなった。凄まじい快感に気持ちが昂《たかぶ》り、涙が溢れる。その涙を忠継が躰を起こして唇で吸った。

「ここがお前のいい場所だ。俺の指を食い千切りそうなほどきつく締めつけるのがよくわかっただろう？　ここに俺の熱を擦りつけてやる」

恐ろしいことを何気なく言われ、伊吹は震え上がった。

「んっ……ああっ……」

しかし零れる声は艶を含んだ甘いものでしかなかった。

次第に彼の指の本数が増える。嫌なはずなのに、与えられる刺激を快感だと認識して、淫らに溺《おぼ》れてしまう自分がいるのを否めない。彼の指を何度も何度も締めつけては、そこから溢れ出る淫靡な痺れに理性が蕩ける。

「あっ……ふっ……」

「いやらしいな。尻尾をこんなに濡らして」

シーツの上に力なく垂れていた尻尾を、意味ありげに扱《しご》かれる。途端、射精したくてたまらなくなり、伊吹の下半身は再び大きく勃ち上がった。

「あっ……やっ……し、っぽ……だめ……ぇ……」

「これがいいんだろう？　駄目だなんて、嘘を言うな」

忠継が動くたびに、彼の猛《たけ》る欲望が伊吹の内腿《うちもも》に当たる。それで本当に彼が伊吹を抱こうとしていることを思い知らされる。

こんなことで忠継さんに抱かれたくない――。

愛があるなら、伊吹にもまだ抱かれる意味があるかもしれない。でも美園との間で、子供が生まれるようなことをしたかどうかを確認するような形で、抱かれたくない。

心では強く思っているのに、伊吹の躰が簡単に伊吹自身を裏切っていく。

欲望に負け、この先へと進もうとする己の浅ましさを目の当たりにしたような気分になり、落ち込む。

でも――。

でも、艶に濡れた忠継が見られたことを、少しだけ嬉しいと思うのも事実だ。そして同時に、自分ではない誰かを、こんなに優しい表情で抱くのかと想像するだけで、悔しさが込み上げてくる。

悔しい？

伊吹は自分の不可思議な感情に戸惑《とまど》いを覚えた。

どうしてそんなふうに思うんだろう？

「伊吹、よそごとを考えるな。今から挿れるぞ。お前の中に俺がいるのをよく見ておけ」

「あ……」

思考を中断させられる。

「よそごとが考えられるとは余裕だな。セックスに慣れているということは、やはりあの女と関係があったということなのか？」

「違っ……あっ！」

指を引き抜かれ、膝裏を持ち上げられる。

「力を抜いていろ。すぐによくなる」

伊吹のぴくぴくと痙攣《けいれん》する耳に、忠継が噛むようにして囁いてきた。

「ただ、つ……ぐさ……っ」

伊吹が名前を呼び終える暇もなく、熱い楔《くさび》が勢いよく侵入してきた。一気に貫かれる。

「あああっ……」

全身が引き裂かれるような痛みに気が遠くなる。今まで指を咥えていたそこは、忠継を咥え、限界まで広がった。

「あ……痛い……っ……苦し……」

「息を吐け、力を抜くんだ」

忠継の指が伊吹の劣情に絡みつく。強弱をつけて揉みしだかれ、一旦衰えていた下半身が頭を擡げだした。媚薬も手伝って、すぐに悦楽が湧き起こる。

「ああっ……」

ぐいぐいと忠継の熱く滾《たぎ》った肉欲が伊吹の奥へと入り込んでくる。それを食い止めようと淫襞が蠢くのにも快感を覚え、痛みであったはずの感覚が、淫蕩な痺れとなって伊吹を包み込んだ。

あ……もっと、もっと、いいところを突いて――。

先ほど教えられた気持ちいい場所に、彼の屹立《きつりつ》が当たるように、伊吹の腰も自然に動いてしまう。

「上手だ、伊吹。覚えが早いな」

褒美だとばかりに、二の腕の内側に音を立ててキスをされる。どうしてかそんな些細《ささい》な刺激さえも快感の呼び水になり、伊吹を翻弄する。

忠継はそのまま無防備に晒していた伊吹の尾を摑み上げ、ゆっくりと巧みに愛撫し始めた。途端、ビクビクッと尻尾が小刻みに震える。

「ああっ……はあっ……」

忠継の尻尾を摑む指先に力が入る。そこから濁流のように押し寄せる快感に、伊吹の背筋がぴんと伸び、シーツの上で仰け反った。

「気持ちいいか？　伊吹」

首を激しく横に振り、否定する。気持ちいいと認めたくない。しかしそれを叱咤《しった》するかのように忠継が抽挿を激しくした。ベッドが大きく揺れる。

ぱんぱんとぶつかる音が伊吹の鼓膜を震わす。その淫猥な様子に、益々快楽の焔が焚《た》きつけられ、伊吹の躰を飲み込もうとした。

「あ……もっと……、もっと奥まで……っ」

とうとう我慢できずに、本音を口にしてしまった。

「伊吹――」

忠継の濡れた声が脳に響く。

「あぁっ……」

最奥まで突かれ、嬌声をあげる。その熱を逃がしたくなくて、貪欲《どんよく》に締めつける。

「くっ……もっていかれそうだ」

吐息混じりの声で囁かれる。忠継の男の色香に刺激され、伊吹の躰が快感で膨れ上がる。熱くて、脳みそが沸騰しそうだ。

強烈な熱に爛《ただ》れた淫襞を力強く擦り上げられたときには、もうあられもない声で啼《な》くしかなかった。

「あああっ……忠継さんっ……忠継さんっ……」

目の前の自分を抱く男の名前を何度も呼んでしまう。自分をこんな目に遭わせている男だというのに、彼に縋《すが》りたい。

「本当に……お前ってやつは……」

忠継が眉間《みけん》に皺《しわ》を寄せたかと思うと、一層動きを激しくする。

「忠継さん……忠継さん……」

涙が溢れ、もうどうにも熱を鎮めることができなかった。この狂おしい熱を早く外に吐き出したい。

「伊吹……」

甘い声で囁かれる。焦点の合わない目で彼を見上げると、柔らかいキスがそっと唇に落とされた。いつもしているキスも甘いが、それよりももっと甘く、ひそやかで、心に染みるキスだった。

「俺の傍を離れるな、伊吹」

「あ……ただつ……っ……ああっ……」

躰の奥で忠継が男根を大きくグラインドさせた。途端、伊吹の熱が一気に溢れ、再び白濁した汁を大量に腹の上に振り撒いた。

「ああっ……」

射精してぐったりするのも束の間、忠継はまだ達っておらず、伊吹の弱い場所へと己を強く擦りつけた。その刺激に、内膜がぞくりと蠢くのがわかった。

忠継が伊吹の下腹部に伊吹が吐精したものを塗りこめる。そして上から軽くぐっとそこを押した。

「あ……っん……」

「ここに俺が入っている。わかるか？」

下腹部を撫でるように触れられ、伊吹はそれだけでまたビクビクッと下半身を震わせ、達った。

「お前が感じやすいのは、媚薬のせいでもなさそうだな」

「そんな……っ……」

「今から中で吐き出してやる。この下腹部を意識していろ」

忠継はそう言うと、腰の動きを一段と激しくした。

「ああっ……」

伊吹の腰を引き寄せ、最奥へと忠継の欲望が捻《ね》じ込まれた。

「あっ……あああっ……」

どこまでも奥へと打ち込まれる熱い楔に、串刺しにされるようなイメージが湧き、怖くなった。滾る熱から逃れようと喉を仰け反らせれば、忠継が喉に甘く歯を立ててくる。

「あああっ……はあっ……もう……」

意識が朦朧《もうろう》とし始めた頃、躰の最奥で熱い飛沫《ひまつ》が弾け飛ぶのを感じた。それと同じくして、下腹部に圧迫感を覚える。忠継が伊吹の中で達ったのだ。

「くっ……なるほど、お前は本当にあの女を抱いていなかったようだな」

そう言いながら、忠継が伊吹の胸へと落ちてくる。やっと伊吹の言うことを信じてくれたようだ。

「だから……っ……そうだって、最初に言ったじゃないですか……それを……」

整わない息をどうにか落ち着かせつつ、伊吹は抗議した。

「二週間前……くらいか？　お前、自慰しただろう」

唐突にそんなことを聞かれた。伊吹の躰が固まる。

「え……」

熱に浮かされあまり働かない頭で、懸命に思い出す。確かに二週間くらい前に、した覚えがある。

「あの女を抱いていないどころか、童貞だな」

「なっ……」

全身がカッと燃えるように熱くなる。どうやら伊吹と精を交わしたことで、伊吹の経験が全部忠継に読まれたようだ。

「そんな不必要な情報まで読み取らないでください。セクハラです！」

「仕方ないだろう、読めてしまったんだから。それにお前も自慰なんてするんだな」

吐精したのに、未だ伊吹の中に自分を挿れたまま話しかけてくる。

「お前も男だったってことか……。お前のことをどこか別の生き物のように思っていたよ。だから手も出せなかった」

忠継の舌が、伊吹の下唇をそっと舐めてきた。

「だが、原種半妖の貴重な子種を、自慰などで費やすのはいただけないな」

「え……」

彼の腕が再び伊吹の腰を引き寄せる。

「これからは、お前の子種は俺がすべて糧にしてやる」

「な……何を言っているんですか、忠継さん」

未だぴんと立ったままの伊吹の耳を、しゃぶるようにして告げられる。まるで彼の餌《えさ》になったようで、今にも食べられそうな気さえしてくる。

年上の幼馴染に、獰猛な牡の素顔を垣間見た瞬間だ。

「お前の精を全部俺に寄越せ。一滴残らずな――」

「あっ……」

忠継に下半身をギュッと強く握られる。痛みを感じると同時に、淫らな情欲も伊吹の意思を裏切って湧き起こってくる。

覚えたての快感を期待し、下肢に疼《うず》く忠継をきつく締めつけてしまった。躰の中からぞくぞくとしたまた新たな痺れが生まれ、伊吹の熱を誘発する。

「忠継さん――っ」

「まだ足りない。まだ、全然足りないな。もっとお前の精を搾り取ってやる」

行為とは裏腹に甘く囁かれ、伊吹はその爛れた熱に、どうにも太刀打ちできなかった。

＊＊＊

忠継は意識を失った伊吹を抱き上げ、とりあえず簡単に躰を清めた。あとは家に戻ってから綺麗にするしかない。

伊吹にスーツを着せ終わると、タイミングを見計らっていたのか、ドアをノックする音が聞こえた。結城だろう。

「入れ」

忠継が答えると、やはり思った通り、結城が現れた。表情に怒りの色が見える。大体の事情を察している証拠だ。

「……あなたらしくない。伊吹君をあんなに大切にしていたというのに」

小言を口にされ、忠継は小さく息を吐いた。

「何も言うな、言われなくともわかっている。伊吹が女を孕ませたなんて聞かされて、頭に血が上った」

「伊吹君がそんなことをするわけがないって、少し考えればわかるでしょう」

「冷静じゃなかったんだ」

吐き捨てるように言うと、今度は結城が小さく溜息をついた。

「済んでしまったことを今さらどうこう言っても仕方ありませんが、伊吹君にちゃんとフォローしてくださいね。秘書を辞めるとかそんなことになったら、困りますから。本当に、あなたがもっと早くきちんと伊吹君にプロポーズしていてくれれば、こんな面倒なことにならなかったのに。これは、あなたの今までのドヘタレさが招いたことですからね」

「へこむことを言うな」

「今言わないと、あなたには効きませんからね。とりあえず、今は人払いをしてあります。伊吹君を車に運んでください」

文句を言いながらも、伊吹のこんな状態を他の者に見せないように配慮をしていてくれたようだ。

「助かる、結城」

「今さらです」

そう言って踵《きびす》を返す結城の後ろ姿に、忠継は再び声をかけた。

「俺は今回のきっかけを利用する」

「え？」

結城が怪訝《けげん》そうな顔で振り返ってきた。その顔を見つめて、忠継は低い声で告げた。

「今回は三枝の狐が何かを企んでの嘘だった。だが、これから先、いつどこの馬の骨かもわからない女に伊吹を盗られるかわかったもんじゃない。いつか本当に伊吹を誑《たぶら》かす女も出てくるだろう。そうなる前に、俺はこいつを自分のものにする」

忠継の伊吹を抱く手に力が入った。

◆ 参 ◆

暗闇《くらやみ》の中でベッドが大きく軋《きし》む。

「あっ……もう……だ、め……忠継さ……ぁ……ん……」

朝晩に交わしていたキスだけでなく、夜の伽《とぎ》まで命じられるようになってから、もう一週間が経っていた。

一日おきではあるが、それでも伊吹にとってはかなりの体力が消耗される。

伊吹の精は、躰《からだ》に取り込むと妖力《ようりょく》が増すといわれる強いものだ。先日の三枝の件以来、その強い妖力を持つ精を、他の狐《きつね》に奪われないよう、忠継がすべて吸いつくすことに決まったらしい。

らしいというのは、伊吹がいないところで、その話し合いが行われ決定したと聞かされただけだからだ。そのため、いつも助け舟を出してくれる結城も、このことに関しては口を挟むことがなかった。

最後の一滴まで精を搾り取られ、伊吹はようやく忠継から解放された。汗なのか自分の精液なのかわからないもので肌がじっとりと濡《ぬ》れたまま、忠継に抱き寄せられる。しっとりと湿った肌は吸いつくようで、忠継の肌と伊吹の肌が密着する。

「明日も仕事だ、早く寝ろ」

すっぽりと彼の腕の中に包み込まれ、伊吹は忠継の胸の鼓動に耳を傾けた。

今の今まで伊吹の躰を貪《むさぼ》っていた獰猛《どうもう》な獣と変わらなかった忠継に、どうしてか癒《いや》され、快感によって昂《たかぶ》っていた伊吹の神経が急速に鎮まっていく。

赤子を宥《なだ》めるように優しく背中をさすられ、伊吹は目頭が熱くなった。

忠継さんは、僕が大人になったら精を手に入れようと最初から思っていて、ずっと傍《そば》にいてくれたの――？

妖力を強くするために……九鬼家の家長になるために……、何もかも計算ずくで僕と一緒にいてくれたの――？

途端、伊吹の胸がぎゅうっと強く鷲摑《わしづか》みされたような痛みを覚えた。もしかして本当に爪《つめ》が食い込んでいるかもしれないと思えるほどの深い痛みだ。

そんな道具のように見られていたとは思いたくない。何かしらお互いに惹《ひ》かれるものがあって、歳《とし》の差を越えた幼馴染《おさななじみ》だと信じたい。

忠継さん……。

鼻がつんとしてきた。

「どうした、伊吹。寝られないのか？」

思いがけずにかけられた優しいトーンの声に嗚咽《おえつ》が漏れそうになる。声を出すと涙が溢《あふ》れてきそうなので、無言で首を横に振った。

「……俺とセックスするのが嫌なのか？」

忠継の声に躰がぴくりと反応し、固まってしまう。その伊吹の様子を忠継がどう受け取ったのかわからないが、彼の伊吹を抱く腕の筋肉が一瞬硬くなったのが、肌を通して伝わってきた。

「俺はお前を手放さないからな」

はっきりと告げられる。

「お前が俺と一緒にいるのが嫌でも、こうやって肌を重ねるのが苦痛でも、これはお前の役目だ。俺から離れられるとは思うな」

「忠継さん……」

顔を上げて忠継の目を見つめる。暗い部屋でも彼の真剣な眼差《まなざ》しはしっかりと見えた。

「誰《だれ》にもお前を渡さない。男にも女にも、他の誰にもお前に触れさせはしないからな」

きつい口調で告げられる。忠継が伊吹に執着しているのがなんとなしにわかる。

どうして執着するの――？

そんなに強い妖力を得たいのだろうか。よくわからない。忠継が妖力に固執する人ではないこともよく知っているからだ。

でも――、もしそこに愛があるのなら、伊吹もこんなに切ない思いを抱えなくても済んだかもしれない。

どうしてこんなことになってしまったんだろう――。

確かに、三枝の息のかかった人間と関係を持ったと誤解されたのが始まりだ。だが、そんなことで忠継と性交しなければならない形になったことが悲しい。そして忠継に好きな人がいたことを知ってしまったことにも、胸が潰《つぶ》れるほど痛んだ。

年下の幼馴染で、会社では部下であり、他の人とは違う絆《きずな》が二人の間にはあるように思っていた。それは伊吹の思い違いだったようにも感じてくる。

一緒に炙《あぶ》り餅《もち》を食べたお稲荷《いなり》市が、つい先日のことなのに、あまりにも遠い昔の話のような気がした。

伊吹が黙って忠継を見つめていると、彼の表情がわずかに苦しげに歪《ゆが》んだ。

「お前は何も考えずに俺と一緒にいればいい。それ以上は、今は望まん」

何も考えずに——？

まるで自我を否定されたようだ。物のようにただ忠継の望むことに従っていればいいような存在を求められている気がしてならない。

それは伊吹を、妖力を高める道具として見ていることを証明しているようにも思えてくる。

じんわりと悲しみが胸に広がる。それは熱となって込み上げ、次々に伊吹の目から溢れ始めた。

「あ……忠継さん……っ……ふっ……」

嫌じゃない。こうやって忠継に抱かれること自体は、自分でも意外であったが嫌じゃなかった。ただ悲しいのだ。この行為に打算しかない関係が。

「泣かなくていい。このまま俺の腕の中にいろ。絶対お前に後悔はさせないから——」

後悔させない——。

それは本当だろうか。今でさえ後悔し始めているというのに、この先、この悔いる思いが消える日がくるのだろうか。

忠継の腕に力が入り、伊吹を強く抱きしめてくる。そのぬくもりに束《つか》の間の優しさを見出し、躰を委《ゆだ》ねる。

忠継さん――。

こんなに悲しい思いがするのは、きっと身分不相応に忠継を求めているからだ。忠継から与えられる感情と伊吹が彼に抱く感情の差をひどく感じるからに違いない。

じゃあ、僕が忠継さんに向けている感情というのは何なんだろう？

敬愛、思慕、それから――。

っ……。

一瞬何か違う言葉が思い浮かびそうになり、胸にひやりとするものが生まれた。魂がどこかへ落下していくような、恐怖にも似た、わけのわからない背徳感。

伊吹は自分の中に芽生えた感情に慌てて蓋《ふた》をした。今ならまだ飛び出してきたりはしない。

考えては駄目だ――。

伊吹は自分にそう言い聞かせ、そっと目を瞑《つむ》ったのだった。

三枝の狐が接触してきてからも、伊吹は相変わらず忠継の秘書見習いとして、結城の下で働いていた。

忠継と昼間の明るい場所で顔を合わすことは、猛烈に羞恥《しゅうち》を感じずにはいられないが、公私はきちんと分けて仕事をしようと、真面目《まじめ》な伊吹は頑張っていた。

「伊吹君、忠継様は神楽《かぐら》様と会食ランチに入ったから、私たちも今から早めにランチを食べて、忠継様の昼からのスケジュールにお供するよ」

忠継を料亭まで車で送っていった結城が事務所に戻ってきた。その手には大きな包みを抱えている。

「これ、忠継様から二人で食べるようにと、同じ料亭で作った懐石のお弁当をいただいたよ。まったく愛されているね、伊吹君は。そのお陰で私も美味《おい》しいものをいただけるから感謝するしかないんだけど」

「そ……そんなんじゃないです」

からかわれているのはわかっているが、伊吹の顔がカッと真っ赤に染まる。

「そんなんじゃないって言っても、そのキスマークからして、惚《とぼ》けるのも無駄だと思うよ」

結城がにっこり笑って、際どいことを口にした。

「キ、キスマーク⁉」

思わず伊吹は首筋に手を当てた。キスマークをつけられた覚えはないが、もしかして知らないうちについているかもしれない。

「あ、そうなんだ、そこにキスマークつけられそうになったの？　でもマーキングはしっかりされているよね？」

にっこり笑って尋ねられる。

「そ、そんなことないですっ！」

もうどう対処したらいいのかわからない伊吹に、結城は言葉を続けてきた。

「だから隠しても無駄だよ。丸わかりだし」

「は……はあ」

結城にかかったら、もう諦《あきら》めるしかないようだ。

「マーキングといっても目に見えるものじゃないよ。匂《にお》い。忠継様の匂いが伊吹君に染みついているんだよ。その証拠に、ここ一週間、君が一人でいるとき、私以外、誰も近寄ってこないだろう？　忠継様のマーキングが強くて、みんな怖いんだ。下手に伊吹君に声をかけたら、後で忠継様に何をされるかわからないからね」

「匂い……そんなに染みついていますか？」

「うん、しっかりね。大抵の狐は気づくよ。君は忠継様の近くにずっといるから、匂いが移ったことに気づきにくいかもしれないけどね」

伊吹は自分の腕を鼻先に持っていって匂いを嗅《か》いでみたが、よくわからない。

「マーキングするってことは、忠継様が周囲を威嚇している証拠だから、本当に伊吹君を溺愛《できあい》しているのが伝わってくるよ。だけど、仕事中はそこそこにしてね」

「溺愛って、そんなんじゃありませんから……」

最後は小声になってしまう。

「だけどそのマーキングは尋常じゃないと思うよ。よほど伊吹君を誰かに取られたくないんだろうね。忠継様より強い妖狐《ようこ》はなかなかいないから、独壇場で伊吹君を手に入れられるだけの力があるのにね。まったく見境なしに……ちょっとだけ呆《あき》れるよ」

溺愛……。確かに溺愛のようなものなのかもしれない。ただし対象は伊吹ではなく、伊吹の持つ、妖力を増幅させる力なのだが。

「僕の原種半妖の力を他の人に渡したくないからだと思います……」

「うーん、いつから伊吹君はそんな卑屈な考え方をするようになったのかな？　まあ、忠継様のケアがなってないからかもしれないけど」

「ケアって……あ、あの」

このままでは結城にいろいろと悟られそうで、伊吹は席を立つ理由を探した。

「あ、お茶を淹《い》れてきますね」

「あ、淹れなくてもいいよ。お弁当にお茶もついてるから」

う……。

一瞬でこの場を離れる理由を潰される。

「そんなに逃げ腰にならなくても大丈夫だよ。もう皆、伊吹君と忠継様のことには気づいているから。諦めて堂々としていればいいよ」

「諦めて堂々って……。そんな強い心臓もっていません。それに皆さんが気づいているって、何をですかっ？」

妖力を与えるという目的ではあるが、忠継と一日おきに性交をしていることを皆が知っているというのだろうか。もしそうなら、とてもではないが、恥ずかしくてこの場所にいられない。

益々恐ろしい事態に追い込まれていくことに伊吹が恐怖を感じているのに、隣で結城は呑気《のんき》に割り箸《ばし》をぱきんと割って、弁当に手をつけ始める。

「どういうことって……普通はわかるでしょう？　それだけ全身から忠継様の匂いをぷんぷんさせているんだから。エッチされ放題だよね？」

頭を大きな金槌《かなづち》か何かで殴られたようなショックが伊吹を襲う。地面に穴を掘って埋まりたい気分だ。しかしそのショックに浸る暇もなく、さらなる問題発言が結城の口から発せられる。

「それに皆も、九鬼家に原種半妖の嫁が来ることは大歓迎している」

「よ、嫁って、僕のことですかっ？」

いつの間にそんな話が出ているのか。思いも寄らないことに伊吹の声も裏返ってしまう。

しかし結城は笑みを浮かべて言葉を続けた。

「婿って言ったほうがいいのかな？」

「いえ、そういうことじゃなくて、男の僕が家長候補の忠継さんの嫁になるなんて話、聞いたことありませんが！」

「あれ？　前から皆が言っているよ？　伊吹君、普段からの情報収集を怠っていたら駄目だよ」

軽く諫《いさ》められるが、はい、そうですかと頷《うなず》ける内容ではない。

とにかく否定しなくてはならない。忠継がどう思っているのかわからないのに、周囲だけで話が進んでいくのは困る。

「ですが、男が忠継さんの伴侶《はんりょ》になることに対して、何か……こう……なんていうか、抵抗みたいなものはないんですか？」

男の嫁を貰《もら》うことをそんなにすんなりと受け入れてほしくない。誰か一人くらい、おかしいと思っている者がいてほしい。いや、いるはずだ。

しかし伊吹のその思いも、結城にフンと軽く鼻で笑われて吹き飛ばされた。

「原種半妖は特別だよ。それに君はずっと子供の頃から忠継様の傍にいるんだ。伴侶の候補だと皆に思われるのは当然だと思うけど？」

「当然って……僕たちは幼馴染で……」

「忠継様は気に入らない人間をずっと傍に置くほど酔狂ではないよ。君だから傍に置いて、まずは幼馴染として認めていたんだと思うよ。そのまま成長すれば伴侶として選ばれても不思議はない」

「ですが……」

言葉に詰まる。大体、家長候補である忠継の伴侶候補だと噂《うわさ》されていることを初めて聞かされただけでも、かなり動揺しているのだ。口が達者な先輩、結城に言い勝てるわけがない。正常に脳が働いていても勝てないのだから。

でも一つ理解できたことは、伊吹は忠継を幼馴染だと思っていたが、周囲はそう見ていなかったということだ。

忠継さんはそれを知っていたの――？

忠継のことだ。知らなかったということはないだろう。たぶん知っていても、莫迦《ばか》な噂だとして相手にしなかったに違いない。

それに結婚の話など、長い間一緒にいて、一度もしたことがない。忠継に伊吹を娶《めと》る気持ちがあるのなら、そんな大切なこと、今まで言わないはずがない。

『本命はいるが、それに手を出せないから――』

あのときの忠継の台詞《せりふ》が脳裏に浮かぶ。

「あ、あの！　忠継さんは僕と結婚するつもりはないと思います。それに忠継さんは九鬼家の家長候補で、跡継ぎも期待される立場なのに、子供を産めない僕が伴侶になるなんて、絶対駄目だと思います」

「絶対？　伊吹君も承知だと思うけど、我々妖狐は人間と共存はしているけど、その生活習慣や風習は大きく異なるところがたくさんあるよ。その中の一つ、我々妖狐が血よりも妖力に重きを置いていることは知っているよね？」

「はい。だから家長も長男が継ぐのではなく、妖力の強い者から選ばれますから……」

「なら、忠継様に必要なのは跡継ぎではなく、相応の伴侶、忠継様の妖力を高められる伴侶が最重視されるのはわかるよね？　原種半妖は忠継様の伴侶になるには、たとえ男であって最高の条件だよ」

チクッ……。

あ、また、だ……。

伊吹の胸に再び小さな痛みが走ったかと思うと、切ない感情が湧《わ》き起こった。

忠継が伊吹を抱くときにも感じる『彼が、妖力を高めるためだけに伊吹を必要としている』ような気がして、伊吹の胸がきつく締めつけられる。

もし、忠継さんが本当に僕を伴侶にすると言っても、それは愛からではなく、妖力のためだったとしたら――。それに本命の人とはどうなるんだろう……。

「っ……」

悲しさで胸が詰まり、苦しくなる。きっと自分は忠継から特別な感情が欲しいのだ。食事を摂《と》るような感覚で、妖力を摂取するために抱かれたくないと思っている自分がいる。

やっぱり、僕……忠継さんが好きなんだ……。だから忠継さんに物のように扱われるのが、こんなにも辛《つら》いんだ――。

とうとう嫌なことに気づいてしまった。いや、本当は抱かれたときにも気づきそうになった。でもそれはどこかいけない思いのような気がして、一旦は胸の奥に仕舞い込んで、考えないようにしていただけだ。

幼馴染で、時々意地悪だけど、でも、とても尊敬していて……。恋愛の意味での『好き』という思いを抱いてはいけない特別な人。

だけど、もし叶《かな》うなら、愛されてみたい。愛してほしい。妖力とは関係なく純粋に好きになってもらいたい――。

伊吹はそっと弁当を見る振りをして視線を伏せた。

贅沢《ぜいたく》なのかもしれない。忠継の心までも欲しいと思う自分は。

自分の感情に気づいてしまったのがきっかけで、貪欲《どんよく》になってしまった。何も知らないうちは、傍に置いてもらうだけでいいと思っていたのに。

いつから恋をしていたのだろう。

たぶん母と二人で、山里に身を隠していた頃、三枝の狐に襲われて、彼に助けてもらったときからのような気がする。

子供ながらに、助けに来てくれた忠継がとても頼もしく、凄《すご》い大人に思えた。いつかこの恩を返すためにも彼と一生一緒にいたいと願ったのを覚えている。

それ以来ずっと、彼の傍で過ごしてきた。それが当たり前だと思いながら――。

黙ってしまった伊吹を訝《いぶか》しく思ったのか、結城が言葉を足してきた。

「妖狐は妖力が強くなれば、それだけ寿命も延びる。それはやがて妖狐一族の頭領にもなれる可能性があるということを意味するものになる。私は忠継様に頭領まで上り詰めてほしいと思っているんだ」

「結城さん……」

伊吹は顔を上げて、隣に座る結城の顔を見つめた。彼の真剣な眼差しとぶつかる。

「九鬼家から頭領を。我々九鬼家の狐の長年の願いだからね」

伊吹は小さく息を呑《の》んだ。

「君の妖力を忠継様のために使ってほしい」

妖力が目当てのように言われた。伊吹の恋心を推し量ってくれるような、味方は誰もいない。

「忠継様の隣に原種半妖の君が現れたときに、やっと我々の願いが叶うのではないかと、期待したのを覚えているよ。まだ小さい君に、私は大きな夢を託した」

「結城さん……」

「私の夢を押しつける形になるのかもしれないけど、君は忠継様の伴侶に相応《ふさわ》しいと思う。だから逃げないでくれるかな。忠継様を支えていってほしい。あの方は、本当は寂しがりやだ。君が傍についていてあげないと、寂しさに負けるときが来るかもしれない」

「忠継さんが寂しさに負ける？」

「君の前では強がっているかもしれないけどね」

結城はそう言うと、目の前の弁当を食べ始めた。この話はもうここでおしまいにしようということだ。

伊吹も困惑でしかない話題をいつまでも引っ張られずに済むことに安堵《あんど》しつつ、ついでに、もう一つ気になっていることを思いきって尋ねてみた。

「あの、話は変わりますが、先日の三枝の狐の件、僕と美園さんの間に子供ができたという嘘《うそ》ですが、あれからどうなったんでしょうか？」

伊吹の身の潔白は、忠継によって証明されたが、それから三枝とどういう話し合いが行われたかは聞いていなかった。

忠継と寝てしまったことで、その発端となったこの話題に、あまり触れたくなかった伊吹は、なかなか忠継にも聞くことができないでいた。

「あの件は、三枝家に抗議とともに伝えておいたけど、詳細を確認するといって、あれから音沙汰《おとさた》がないんだよね。都合が悪いことはうやむやにしようとしているのかもしれない。もう少し時間を置いたら、また確認をとるつもりだよ」

「美園さんに何もなければいいいんですが……」

伊吹が本当は知りたかったのは、美園のことだった。美園の身に何かあるのではないかと、心配だったのだ。

あんなに必死な、今にも縋《すが》るような彼女の姿が忘れられない。

しかし結城は、伊吹の言葉を意外に思ったのか、片眉《かたまゆ》をわずかに動かした。

「あの女性もグルなのに、君は心配するんだ」

「忠継さんが美園さんのお腹に赤ちゃんがいるのは本当だって言ってたから。それにあの美園さんが理由もなく他人を陥れようとする人には思えません。何か止《や》むに止まれぬ事情があるんじゃないかと……」

「あるかもしれないけど、それで絆《ほだ》されてしまっては駄目だよ」

「結城さん……」

「誰にだって事情はある。それに根本を突き詰めれば、誰しもが自分のためにその状況に甘んじるんだ。あの女性にどうしようもない事情があるとしても、それは自分のためだ。言い換えれば、自分のために伊吹君を陥れようとしたんだよ」

「それはそうかもしれませんが……」

結城のあまりの現実的な考えに、気圧《けお》されてしまう。

「相手の気持ちになって物事を考えるのはとても大切なことだと思う。でもそれによって相手に気を許してしまうこととは別だよ。君が気を許してしまったことで、相手の罠《わな》に嵌《はま》り、その君を助けようとして仲間が傷ついたらどうする？　いや、命を落とすかもしれない。ふとした油断が自分や仲間を傷つけることにもなりかねない。そう自分に言い聞かせて、気を引き締めていかないと、忠継様さえも危険に晒《さら》すかもしれないよ」

「忠継さんを……」

考えるだけで躰が震えた。自分の失敗で忠継を傷つけるわけにはいかない。

それに確かに美園のことは心配だが、彼女は伊吹を三枝に引き渡す役目を担っていた。それは彼女の本音はどうあれ、やはり伊吹にとっては敵にあたるのだ。

伊吹が黙っていると、結城の声色がふと緩んだ。

「どんな形であれ、我々は忠継様を害する者を近づけてはならないからね。君にも心してほしいんだ。君に危険が及べば、忠継様が必ず助けに行かれる。だからこそ、君は自分を危険な目に遭わせないように充分に気をつけてほしい。それが結局は、忠継様を守ることにもなるからね」

忠継を守るために結城もあえてきつく言ったのだ。まだまだ伊吹は甘いということだ。

でも――、でも、そのつど、相手が自分に危害を加える様子があるかどうかきちんと確かめたい。危害を加えられるかもしれないと、最初から近づかずに見て見ぬ振りをすることはできない。そこに、もしかして大切な何かがあるかもしれないから。それが忠継に関係することなら、なおさら見落としたくない。

それは今回の美園のことも含めてだ。

「これからも今まで以上に細心の注意を払って気をつけます。僕も忠継さんを危険に晒したくありません。だからこそ、危険を回避することも兼ねて、美園さんがどうしてそんな嘘をついたのか、それとも言わされたのか、機会があったら知りたいんです。こんな生意気言って申し訳ないのですが……」

「伊吹君……」

伊吹が言い返してきたことに驚いたのか、結城の瞳《ひとみ》がわずかに見開く。

「もちろんそれによって、僕が情に絆されて、相手にわざと捕まるなんてことは絶対しません」

付け足した言葉に、結城が溜息《ためいき》をついた。

「当たり前だ、まったく君は……」

結城はそう言いながら、再び弁当に箸をつけた。

「何かするときは、私のいるときにしてくれよ。そうでないとフォローできないし、できなかったら、私が忠継様に怒られる」

そうは言うものの、結城自身がとても伊吹を心配してくれていることは知っている。

「すみません、結城さん」

「悪いと思ったら、無茶はしないで」

「はい」

伊吹は返事をして、自分も弁当を食べ始めた。

美園さんのことは、機会を見つけて調べてみよう。何かわかるかもしれない……。

あと——。

美園の嘘も気になるが、やはり一番の問題は忠継の伴侶の候補だという噂の件だ。

本当に忠継さん、僕を伴侶にするつもりなんだろうか……。

周囲が勝手に言っているに違いない。だが、側近ともいうべき秘書の結城が口にするくらいなので、伊吹の知らないところでそういう話になっている可能性もある。

もし、そうなら、愛がなくてもいいの？　忠継さん……。

年上の幼馴染の顔が脳裏に浮かぶ。妖狐一族の頂点、頭領の座を狙《ねら》うのなら、そんな甘い考えをしていてはいけないのかもしれない。

でも、いくら血縁関係よりも妖力の強さを重視するといっても、忠継だって自分の子供が欲しいはずだ。伊吹ではそれを叶えることはできない。

それに伊吹の立場も微妙だ。

妖力を高めるためだけに存在するなんて……きっと空《むな》しくて苦しいだろうな。

簡単に想像できる。

愛する人から愛を与えられない。きっとひな鳥が親鳥から餌《えさ》を与えられないのと一緒だ。

伊吹も心が愛に飢えて死んでしまうに違いない。

確かに彼は優しいから、伊吹をないがしろにしたりはしないかもしれない。だが、きっと忠継の優しさ一つ一つを勘繰ってしまう醜い自分が出てきてしまうだろう。

優しくしてくれるのは、原種半妖としての僕の妖力を得るため？　ずっと僕をそういう目で見てきたの？　だから今まで優しかったの――？

そんなことばかり考えてしまい、空しさに苛《さいな》まれるに違いない。そして、それに耐えられる自信もない。

好きな人と一緒にいられるのに、それだけでは足りないと思う僕は、やっぱり欲張りなんだろうか……。

愛を自覚すると、次々と忠継に対して愛《いと》しい思いが溢れてくる。たぶん今まで無意識に心に蓋をして気づかなかった分だけ、勢いよく感情が湧き出しているのかもしれない。

……一度、忠継さんときちんと話し合ってみよう。周りが勝手に言っていることなら、こんなに僕が悩む必要もないし――。

だが、ふと伊吹の胸が、小さな棘《とげ》が刺さったかのようにチクリと痛んだ。それはそれで忠継の伴侶になれないことを辛いと感じる自分もいるのだ。

嫌なことに気づいちゃったな……。

つい箸の動きを止めてしまうが、心配性の結城に気づかれないように、さりげなくお茶を飲んで誤魔化《ごまか》す。そしてまた箸を動かし続け、ただ事務的におかずを口に運んだ。

せっかく忠継が用意してくれた料亭の弁当を、伊吹はじっくりと味わうことができなかった。

＊＊＊

その夜、忠継と一緒に屋敷に戻ると、母が伊吹の帰りを待ちわびていた。

「どうしたの？　母さん」

「お父さんの仏壇のお花をそろそろ買い換えたくて、伊吹を待ってたのよ」

いつも伊吹が花を買ってきていたのだが、最近、美園のことがあり、会社近くのフラワーショップに行かなくなり、花を買う機会がなかった。そのため父の仏壇に飾る花が切れてしまったようだった。

「ごめん、母さん、いろいろと仕事が忙しくて、つい買いそびれてしまって」

「そんなこと、いいのよ。伊吹も忙しいのに、ごめんね」

母は一般の人間で、もちろん妖力もないので、ここに匿《かくま》われてからずっと、外に一人で出かけることを自粛してもらっている。必ず伊吹か九鬼の誰かについてもらって外出をするという、少し不便な生活をしている。

母自身もあまり九鬼家に迷惑をかけられないと遠慮して、物事をなるべく頼まないようにしているのもあり、今日も花を買いに行けなかったようだ。

「今から一緒に買いに行く？」

「でも伊吹、毎晩、忠継さんのところで、仕事の打ち合わせがあるでしょ？　そっちは大丈夫なの？」

「そんなに遅くならなければ大丈夫だよ。近くのフラワーショップっていうと、駅前にあったかな」

「あら、いつものところでは駄目なの？」

母には三枝の件を詳しく話していなかった。三枝がコンタクトをとってきたことだけは伝えてあるが、フラワーショップの話など細かいことは言っていない。子供ができたうんぬんの話は、母親にはさすがに言いにくかったのだ。

「近場で買ってこよう。今から行ける？」

「ええ、大丈夫よ。お財布を取ってくるわ」

母はすぐに立ち上がって、財布の入った鞄《かばん》を持って戻ってくる。伊吹はフラワーショップへ行くことを近くにいた九鬼の狐に伝え、そのまま母と二人で出かけた。

「大通りまで歩いて、タクシー拾おうか」

「駅まで歩いていけるわよ。それにこうやって伊吹と夜に歩くのも久しぶりだから、しばらく歩いていきたいわ」

「じゃあ、歩いて片道十五分くらいかかるけどいい？」

「いいわよ。気持ちいいくらいだわ」

母はにこやかにそう言うと、駅があるほうへ向かって歩きだした。伊吹も急いで後を追っていく。

大通りに出ると、結構な人がまだ歩道を歩いており、母と並んで歩くのが少し困難だった。母を見失わないように伊吹より少し前を歩いてもらう。

よく行くコンビニの前を通ったときだった。母が突然振り向いた。

「伊吹、こんなところにお父さんが好きだったリンドウが咲いているわ」

「リンドウ？」

確かに今の季節、秋の花ではあるが、母の視線の先を見ても花などリンドウどころか何も咲いていない。コンクリートで覆われた歩道があるだけだ。

「え？　どこに咲いているの？　母さん……え？　母さん？」

一瞬のことだった。伊吹がリンドウを探すために視線を歩道に向けたほんのわずかな間に、すぐそこにいたはずの母の姿が消えていた。辺りは人の往来もあるが、雑踏に紛れて姿がわからなくなるほどではない。

「母さん？」

伊吹は、もう一度、母を呼んだ。しかし姿も見えなければ返事もない。

「え……？」

立ちつくす伊吹の肩に誰かの肩が当たる。その衝撃に弾《はじ》かれたように伊吹は足を動かした。

「母さん」

コンビニの中に入ったのだろうか。外からは母の姿は目に入らないが、陳列棚に隠れて見えないのかもしれない。

伊吹は母が消えたすぐ傍のコンビニに入ろうとした。すると聞き知った声で伊吹の名前を呼ぶのが聞こえた。

「伊吹さん！」

九鬼の家の者の一人だ。名前を呼ばれ、振り返ると、すぐに忠継も現れた。

「伊吹っ！」

「ただ……つぐ、さん？」

「伊吹、こっちへ来い！」

「忠継さん、母さんがどこかに行ってしまったんだけど……っ」

言い終わらないうちに、忠継が伊吹に駆け寄ってきて、その手首を掴み上げた。

「お前は無事だったんだな」

「え？」

ようやくそこで、伊吹は自分と母が何かに巻き込まれたことに気がついた。

「まさか……母さんに何か……」

「今、お前のすぐ傍で、九鬼の力ではない妖力が発動されるのを察知した」

伊吹は誘拐の危険性から、ＧＰＳ付きのスマホを携帯しているので、忠継らに居場所がわかるようになっている。

「お前に何かあったのかと思って、慌てて来た」

九鬼家の屋敷は結界に守られて、許可なく他の妖《あや》かしが出入りをしたり、ましてや妖力を発動させたりすることはできない。

だが、一旦、屋敷から一歩外へ出ると、結界の効力はなくなり、妖力が弱い者、または母のように人間であれば、まったく無防備になる。

危害を加えようとする者がいれば、狙われる絶好のチャンスとなるのだ。

「母は一体どこへ……」

その問いかけに忠継が少しだけ眉間《みけん》に皺《しわ》を寄せた。

「ふん……三枝の匂いがわずかに残っているな。やつらに攫《さわ》われたのだろう」

「そんな……。どうして母を。僕を誘拐するならまだしも……」

「お前には俺の妖力が残っているせいだ」

「え？」

思わぬことを言われ、伊吹は忠継を見上げた。

「お前は俺と交わったからな。お前の躰の中に俺の力が残っているんだ」

「な……」

一気に伊吹の顔に熱が集まった。こんな場所で生々しいことを言われるとは思ってもいなかった。しかし今はそんなことで怯《ひる》んでいる場合ではない。恥ずかしさを押し退《の》けて、伊吹は必死で忠継を見つめた。

「さすがに俺の力を宿しているお前を攫うほど妖力がなかったらしい。結果、お前の母だけを攫ったのだろう」

「……母を助けて、忠継さんっ」

思わず忠継の腕に縋る。

「わかっている。そろそろ三枝家に、先日の妊娠の件といい、改めて説明を求めようと思っていたところだった。俺から三枝家に乗り込むいい理由ができた」

忠継は伊吹の頭をくしゃりと撫《な》でると、そのまま屋敷のほうへと、伊吹の手を握ったまま歩きだした。

「いいか、伊吹。お前は俺が戻るまで屋敷から一歩も出るな。わかったな」

「忠継さんは……」

「今から三枝家に行ってくる。あまりことを荒立てたくなかったが、こんな大胆なことをされては黙っていられないからな」

「っ——気をつけて、忠継さん」

祈るような気持ちで声を絞り出す。

「ああ、大丈夫だ。大体、九鬼家の次期家長候補の俺を、どうにかしようなんて、どんな莫迦なやつでも考えないだろう。何かあったら妖狐一族全員を敵に回すからな」

「でも！　敵に回そうとしているような気もします！　三枝は自分たちの独裁を狙うような家ですから……」

三枝が何を考えているのかわからない分、怖くてたまらない。本当に忠継の命を狙うようなことがあったら、どうしたらいいのかわからない。

忠継さん――！

今までもやもやしていた気持ちが突然、吹き飛んだような気がした。

忠継に愛されていないことに不安や寂しさを感じていたが、そんなこと、もうどうでもよくなった。

生きていて――！

忠継が生きて笑顔でいてくれるだけで、伊吹は充分に幸せだと気づいた。大切なのは彼の気持ちじゃない。自分の気持ちだ。自分がどれだけ忠継を愛しているか、だ。

自分の妖力が彼の妖力を高めるのなら、それを利用されてもいい。彼が生きるためなら、自分はどんなことだってしてしたい。

「伊吹？」

伊吹のわずかな心の変化を感じ取ったのか、忠継が心配そうな顔で見つめてくる。

「大丈夫か？　心配するな。お前の母親は必ず助け出す」

母を助けてほしい。でも忠継のことも心配で三枝の家に行ってほしくない。矛盾した思いに心がはち切れそうだ。

この気持ちをどう言い表したらいいのかわからず、伊吹は忠継にきつくしがみついて、彼の無事を願うしかなかった。

＊＊＊

忠継は伊吹を屋敷へ送り届けると、すぐに伊吹の周囲に新たな結界を張り直し、三枝の家へと出かけていった。

九鬼家の屋敷の中が一番安全なのだ。母にとってもそうであったように。

母が花を買いに行くと言ったとき、もっと警戒すればよかった。もしくは母を屋敷に置いて、自分だけで買いに行けばよかった……。

いくつもいくつも後悔が込み上げてくる。本当に悔やんでも悔やみきれない。

伊吹は庭に面している縁側から、夜空に浮かぶ月を見上げた。妖狐は月にとても影響される妖かしだ。満月に近づけば近づくほど妖力を増す。

今夜は寝待ち月、十九日頃の月で、妖力のピーク、満月、十五日を過ぎた月であるが、まだまだ油断をしてはならない。

伊吹はもともと妖力をほとんど封じられていることもあって、満月の恩恵を受けられない。そのため、相手の妖狐が妖力を増すこの時期は、三枝の狐に最も注意しておかなければならなかった。

今回、伊吹だけ誘拐から免れたのは、やはり忠継が言う通り、この躰の中に染み込んでいる忠継の妖力のお陰なのだろう。彼の妖力が月の力を借りて増幅し、伊吹を守る結界のような役割を果たしたのだと思う。

いつも忠継さんに守られてばっかりだ……。

確かに伊吹もいつからだったか忘れてしまったが、忠継に朝晩の妖力の補充としてキスをしてきたが、きっとそんなものは忠継にとっては微々たるものに違いない。

やっぱり僕にできることは大したことない。けど、少しでも忠継さんの力になれるのなら、やれることはすべてやりたい――。

妖力の受け渡しだけの愛のないセックスで心が引き裂かれ、きっと耐えられないと思っていたが、それも忠継のためなら耐えられる気がした。

伊吹はきつく手を握りしめ、もう一度、月を見上げた。

するとと外から誰かが慌てた様子で走ってくる足音が聞こえた。塀の隙間《すきま》から見えたのは、誘拐されたはずの母だった。

「母さん！」

伊吹はすぐに縁側から駆け下り、裏木戸を開けて、塀の外へと出た。

「伊吹！」

いきなり現れた伊吹に驚いて、母が大きく目を見開いた。

「母さん、どこへ行ってたんだ、皆心配してたんだよ！」

「あなたこそどこへ行ってたの？　母さん、あなたが急にいなくなったから、探したのよ。でも、いくら探してもいないから、仕方なく、一人で花を買いに行ったのよ」

「花を買いに……」

母の手には包装紙に包まれた仏壇用の花が握られていた。

「でも、帰り道、何か変な視線を感じて、途中から急ぎ足で来たの。なんだか追われている気がして……」

三枝の者かもしれない。母の誘拐に何らかの理由で失敗し、人目のないところで、再度誘拐しようとしているのだろう。

「母さん、早く屋敷へ」

伊吹は母の手首を握り引き寄せた。

そのときだった。突如、地面がぱっくりと割れ、そこに真っ暗な底の見えない穴が現れる。同時に強い妖力を感じた。先ほどとは違い、伊吹も引き摺《ず》り込まれるほどの力だ。

なっ――！

「母さんっ！」

伊吹は闇の底へと落ちながらも、母を胸に引き寄せた。しかし母は徐々に輪郭が薄くなっていく。

「母さん？」

やがて光の粒のように消えてしまった。

これは罠だ――！

やっと気づくが、伊吹の躰はどこまでも真っ暗な闇の中へと落ちていくばかりだ。手を伸ばしても何も引っかかるものもない。

忠継さん――！

どんどんと遠ざかる夜空に手を伸ばし、最愛の人の名前を胸の内で叫ぶ。

しばらく闇に落ち続けると、一瞬浮遊感を覚えた。

え？

そして低い場所から地面に叩《たた》きつけられた。

「つっ！」

それまで真っ黒で何も見えなかった空間に、視界がパッと開けた。

「ここは……」

気づけば、ねずみ色のコンクリートに囲まれた部屋、牢屋《ろうや》に閉じ込められていた。目の前には鉄格子があり、その向こうに何人も人が立っていた。

「やっと帰ってきたか、伊吹。長い家出だったな」

そこには先日、伊吹の伯父《おじ》と名乗った、光利も立っていた。

「伯父さん……」

伊吹の声に光利は双眸《そうぼう》を細くするとすぐに、背後に振り返り、後方に立っていた男性に頭を下げた。

「重信《しげのぶ》様、我が弟、春樹《はるき》の息子、原種半妖の伊吹です」

重信。伊吹はその名前に顔を上げた。三枝家の当主だ。伊吹も名前だけは知っていた。

そしてその隣に立っていたのは――。

「母さんっ！」

母、静子が穏やかな表情で重信の隣にいた。

「母さん、母さん！」

しかしいくら伊吹が呼んでも、母の視線がこちらに向けられることはなかった。

「無駄だ。お前の声はこの女には聞こえていない。女には今幸せな夢を見させている。お前の父、春樹が生きている夢をな」

「な……」

母の手にはしっかりとリンドウが握られていた。

「母さん……」

伊吹が愕然《がくぜん》としていると、重信が吐き捨てるように言葉を放った。

「まったく人間臭い。そんな匂いを纏《まと》っているとは。仮にも三枝の狐の血を半分でも引いているというのに、情けない」

汚いゴミでも見るかのように、牢屋に閉じ込められた伊吹を見下ろしてくる。

「お前が役目を果たせば、お前も、お前の母親も、三枝の一族の者だと認めてやろう」

「認めてもらわなくても結構です！　縁を切ってくださったほうが清々します！　うっ！」

伊吹の顔に桶《おけ》いっぱいの水がかけられた。

「こちらは当主様だぞ、口を慎め！」

伊吹はそのままきつく睨《にら》み上げた。

「どこまでその強気が続くか。お前が反抗的な態度をとればとるほど、お前の母親も、二度と夢から覚めないと思え。いや、覚めないほうがこの女にとってはいいのかな」

「卑怯《ひきょう》な！」

「裏切り者のお前に卑怯呼ばわりされる覚えはない。三枝から逃げ、九鬼の家に匿われるなどと、末代までの恥と思え！」

重信の目がカッと見開いたかと思うと、伊吹の躰が吹っ飛び、壁に背中を強く打ちつける。

「うっ！」

「お前はここで多くの三枝の妖狐と性を交わすんだ。わかったな」

「な……」

昔、伊吹がさせられそうになったことを、今、またしようとしているようだ。

「女にはお前の種で孕《はら》ませ、妖力の強い子供を作らせ、そして男には今よりもさらに妖力を強くさせるために、お前の精子を飲ませるのだ。いいな、それがお前の役目だ。原種半妖の運命《さだめ》だ、わかったな」

重信は言いたいことだけ言うと、半妖とは必要以上口もききたくないという様子で、さっさと部屋から出ていってしまった。

部屋に残った伯父、光利も憎々しげに伊吹を見つめてきた。

「いいか、お前も父親の名誉を挽回したいのなら、役目を果たせ。下等生物である人間と結婚したことで、お前の死んだ父親の名誉は我が一族では地に堕《お》ちている。だがお前が原種半妖であったことで、さすがは妖力の強かった春樹だと、一族の者も見直し始めている。お前が一族に貢献すれば、重信様も春樹の失態をお許しになるだろう」

失態……。母と結婚し、伊吹が生まれ、短かったけど幸せに暮らしていた家族。それを失態と言われ、伊吹の胸に大きな怒りが込み上げた。

「あなた方に許されたくなんてありません！　父も三枝に愛想を尽かし出ていったんです！　それこそ父は僕がそんなことをするのを許すはずがありません！　うっ！」

再び物凄い衝撃を感じた。すでに壁に寄りかかっていたので、吹っ飛ばされることはなかったが、壁にのめり込んだように思えるほど、押しつけられる。

「覚えておけ、重信様はお前の母親を一生夢から覚めさせないと言ったが、私は違う。お前が裏切れば、あの女を殺す」

「な……」

「あの女が春樹をかどわかしなどしなかったら、今頃春樹は私と一緒に三枝の要となっていただろう。春樹の人生を狂わせたあの女には、いずれ罪を償わせる」

「伯父さんっ！」

伯父が本気で母をどうにかしそうで、伊吹は怖くなった。先ほどの重信とは違う恐怖が込み上げる。

「私があの女を許せるとしたら、お前が三枝の役に立ち、春樹の名誉を挽回したときだ」

「伯父さん……」

伯父は伯父なりに弟、伊吹の父を大切に思っていたのかもしれない。

「そこでしばらく頭を冷やせ、いいな」

伯父が母を連れ、部屋から出ていくと、辺りは急にしんと静まりかえった。伊吹は壁に寄りかかっていた躰をどうにか起こし、そのまま床に跪《ひざまず》いた。

「忠継さん……」

口から零《こぼ》れ落ちたのは、守るべき人の名前。

きっとこの牢屋は妖力を使っても、なかなか発見できないような場所にあるに違いない。

それにここが三枝の本宅ではないことも、伊吹にも雰囲気でわかった。

三枝の別邸の一つだとは思うが、伊吹が来たことのない屋敷のようだった。

忠継は三枝の本宅の屋敷へ行っており、伊吹の異変には気づいていない可能性が高い。忠継自身、伊吹は九鬼の結界の中で安全に匿われていると思っているから、余計に気づかないかもしれない。

僕も莫迦だ……。母が帰ってきたと油断してしまって、結界の外へ自分から出たのを、三枝の狐に狙われたんだ……。

これからどうしたらいい――？

母を人質にとられては、伊吹も迂闊《うかつ》には動けない。逃げるのはもう不可能なような気がした。

前に囚《とら》われたときは、伊吹は自分の原種半妖の力で逃げ切った。しかし今回、妖力は封印されているし、三枝も前回の失敗を踏まえて、伊吹を捕まえているはずだ。

愛してもいない相手と肌を重ねることなどできない。ましてや愛する人がいるなら、なおさらだ――。

「忠継さん……助けて……っ」

結局はそうとしか言えない自分の非力さに、伊吹は打ちのめされたのだった。

◆ 肆 ◆

東京の空は星の瞬きも見えない。ニューヨークなど世界の名だたる大都市のように、空がビルで覆われて今にもなくなるほどではないが、空自体がもう人工的な薄い光の膜の向こうに消えつつある。

人間よりも自然との繫《つな》がりが強い妖かしが、いつまでこの都会で生きていけるのか。ここから姿を消さなければならない日は、そんなに遠くない気がする。

忠継は車窓を流れる東京の景色を目にし、小さく溜息をついた。結局、忠継は三枝の屋敷にほとんどいることなく、戻ることを余儀なくされていた。

相手に心積もりをさせる時間を与えないように、わざとアポイントなしで出かけたのが裏目に出て、当主不在の上、責任のとれる者も出払っており、ただ平謝りばかりをする下っ端の言葉を耳にするしかなかった。

確かに強い妖力の気配が屋敷にはなかった。当主だけでなく、不在を預かる者まで留守をしているということに、忠継はやはり何かあるに違いないと、気づかずにはいられなかった。こうなると、三枝の屋敷で当主らを待っていても時間の無駄で、仕方なくすぐに屋敷を後にした。

「怪しいですね」

夜の十時過ぎ、帰りの車の中で、結城が小さな声で話しかけてきた。

「怪しいのは承知だ。結城、会社の近くの例のフラワーショップに寄ってくれ。今ならまだ店を閉めていないだろう」

「美園さんがいらっしゃったところですね」

「三枝の狐がオーナーをしていると言っていただろう。何かありそうだ」

「わかりました」

忠継はそのまま美園が勤めていたフラワーショップへと向かった。

車を店の前の歩道に寄せ、降りようとしたときだった。ふとどこからか湧いたように、一人の青年が店の入口の脇《わき》に現れた。

「忠継様」

結城の声に鋭さが交じる。

「わかっている。三枝の狐の者だ。わざわざ現れたということは、私に用があるのだろう」

忠継は青年に向かって歩きだした。近くに寄ると、青年の顔に見覚えがあることに気づく。名前までは正確に思い出せないが、妖力が強い狐で、三枝の当主の傍で仕えていた男であったことを思い出した。しかし——。

「君は実体ではないな」

忠継は青年の近くで足を止めた。すると青年がその薄い唇に笑みを浮かべた。

「さすがは九鬼家、次期家長候補といわれる忠継殿ですね。ええ、私は実体ではありません。式神に私の思念の一部を乗り移らせているだけです」

「なぜ、ここにいる？」

「お恥ずかしながら、あまり妖力が使えず、この店に残っている私の残留思念を利用して、どうにかあなたと話がしたかったからです」

「私がここに来ると予想していたのか」

「あなたというか、九鬼の狐の誰かが、いつか来る……来てくれたらいいと思っていました」

「――君は死んでいるのか？」

その問いに結城がぴくりと動いたのを忠継は気づきながらも、まっすぐ青年を見つめた。

青年の顔に一瞬苦渋に満ちた表情が浮かんだが、すぐに頭を軽く左右に振って、諦めたように儚《はかな》く笑った。

「いいえ、まだ死んではいません。三枝が管轄する祠《ほこら》の一つに封じられているのです」

「そこから助けてほしいのか？」

「助けてほしくもありますが、今助けられても、かなり衰弱しておりますので、お役に立てません。ただ、私よりも今すぐ助けていただきたい人がおります」

青年の瞳に真剣な光が宿る。忠継もその瞳を無視することができず、見返した。自分の命よりも大切な人という存在に、忠継も覚えがあるからだ。

「誰だ？」

「美園――、美園りえを助けてください」

忠継はその名前に一瞬息を呑んだ。

青年は忠継の興味が惹けたことに安堵した様子で、さらに言葉を続けた。

「きっと彼女がいるところに、あなたが探している方たちもいらっしゃると思います」

三枝の別邸は、閑静な住宅街にあった。忠継はあれから、改めて九鬼の狐を集め、気配を消して三枝の別邸の近くにいた。

フラワーショップで待ち伏せしていた男の名前は三枝鈴矢《すずや》といい、美園のお腹にいる子供の本当の父親だった。

鈴矢は伊吹の両親のように、三枝家の反対を押し切って、人間である美園と駆け落ちをしたらしい。だが、子供が宿ったことをきっかけに、三枝の追っ手に捕まり、鈴矢は罰として妖力を封印され、食事も与えられず、祠に囚われているとのことだった。

一方美園は、鈴矢の命を盾に三枝の狐に脅され、お腹にいる子を伊吹の子だと偽り、伊吹をおびき出すように言われたようだった。伊吹を上手く九鬼家から連れ出せなかったら、鈴矢の命はないと告げられ、彼女も必死だったのだろう。

伊吹も美園の不自然さを気にしていたが、その読みが当たったということだ。

「今、鈴矢殿の救出、成功したそうです」

背後から結城が報告してきた。結局、忠継は鈴矢を見捨てることなく、別の九鬼の狐に救出に行かせていた。

「よかったな」

「よかったな、なんてあなたらしくない。どうせボランティア精神からだけではないんですよね？　下心あっての救出でしょう？」

実は鈴矢のことを調べさせてみると、かなり妖力の強い狐で、次の家長候補とはいかなくとも、いずれは家長候補になるだろうと言われている青年であった。

現在の三枝の元凶となっている家長や幹部組織の狐どもを一掃した際、次の担い手として、鈴矢は充分な素質を持っている。それゆえに忠継は貸しを作っておこうと考えたのだ。ゆくゆくは、大きな見返りがありそうだ。

それにもし彼の情報が罠であった場合、彼を捕らえておけば、彼自身に責任をとってもらうこともできる。様々な観点から考察しても、彼を助けておいたほうが、後で何かと使えると判断した結果だ。

狐の本能の一つ、悪巧みは得意の忠継である。

「どちらにしても、いいだろう？　何事もウィン、ウィンの関係が一番だ」

そう言うと、結城が白い目で見返してきた。

「まあ、あなたが伊吹君のこと以外で、無欲で人を助けるなんて思ってもいませんけどね」

「失礼なやつだな」

「本当のことを言ったまでです。それと伊吹君、やはりここにいますか？」

「ああ、いるな。それについては情報に嘘はないらしい」

鈴矢の情報によれば、伊吹たちはこの別邸の地下牢に囚われているらしい。気配がわからないように結界が張ってあるということだったが、忠継は、伊吹の匂いを充分に嗅ぎ分けていた。

自分の徴《しるし》をつけた運命の伴侶だ。他の狐よりも敏感にその匂いを感じ取ることができるのは当たり前だ。三枝の結界ごときで見失うようでは、伴侶失格である。

「準備はいいか？」

忠継の声に結城が頷く。そして結城はそのまま手を上げ、背後に控えている部下たちに合図を送った。

＊＊＊

伊吹は地下牢で膝《ひざ》を抱えて、小さく丸くなっていた。

三枝の家は相変わらず人間界を牛耳るという野望を持っている。人間とは極力衝突を避け、共存することを前提としている妖狐一族の考えに、従う気持ちはないようだ。

お稲荷様として大切にされているだけで、どうして足りないの？

科学がめざましく発達した現在、妖狐の力も人間が発明した文明の利器に負けつつある。

そんな中で、人間界を手に入れようとするのなら、それ相応の犠牲も必要になってくる。

双方に大勢の死傷者が出てしまうかもしれない。

そんなことしてまで手に入れたいものって、何――？

自己満足で多くの人を犠牲にするなんて、絶対に許さない。僕ができる範囲だけでも阻止しなければ――。

伊吹は自分の膝を抱える腕にぎゅっと力を入れた。

すると牢屋の鍵《かぎ》を開ける音が響いた。伊吹が膝から顔を上げると、伯父の光利が男を引き連れて中に入ってきた。

「伊吹、この男にお前の精液を飲ませてやれ」

「え……」

いきなり言われた言葉に、伊吹は信じられない思いで伯父を見上げた。

「お前の種は妖力の増幅剤のようなものだ。何も考えずに出せ」

伯父の命令と同時に、背後から伯父の下で働く者らしい男らが二人現れ、伊吹の躰を押さえにかかった。

「なっ、やめてくださいっ！」

躰を激しく揺らして抵抗しても、二人の男に押さえられては、逃れることもできない。そうしているうちに、伯父が連れてきた男が近づいてきて、伊吹の股間《こかん》にスラックスの上から触れてきた。途端、ゾゾッとした悪寒が背筋を駆け上る。忠継に触れられたときとは違う、おぞましいほどの嫌悪感を覚える。

「や……」

ジッという音を立てて、ゆっくりと伊吹のジッパーを下げる。

「やめ……っ！」

しかし伊吹の願いも空しく、ジッパーはすべて下げられ、男の指が遠慮なく下着へと伸ばされた。

「あ……」

忠継以外に触られたことのない場所だ。

忠継さん……っ！

下着を弄《いじ》られ、伊吹の萎《な》えた男根をそこから引き出される。男はそのまま伊吹の股間に顔を埋《うず》めると、躊躇《ちゅうちょ》なくそれを口に含んだ。たちまち生温かい感触が伊吹の下半身を包み込む。

「くっ……」

男のねっとりとした舌が伊吹に絡みついてくる。そしてその指は器用に竿《さお》の両側についた袋を、緩急をつけて揉《も》み始めた。

「やっ……めっ……」

拒絶の言葉はまったく受け入れられなかった。拒絶するたびに男の舌が執拗《しつよう》に伊吹をしゃぶってくる。

男というものは悲しい生き物で、たとえ不本意であっても、愛撫《あいぶ》を施されてしまうと、射精感が募ってくる。伊吹も出すまいと耐えれば耐えるほど、熱は外へ出ようと激しく渦巻いた。

絶対……いやだ……。

自分の精はすべて忠継さんのものだ。誰にも分け与えるものか――。

「こいつ、意外と男なのに色気があるな」

伊吹を押さえつけている男の一人が、そんなことを呟《つぶや》いた。

「原種半妖だ。相手を虜《とりこ》にするために、そういうフェロモンが出るようになっているんだろう？　俺のも反応してきた」

そう言って、伊吹を押さえていた男の一人が股間を伊吹の腰に擦《こす》りつけてきた。硬い芯《しん》を伴った男のそれが、伊吹が要因になって勃起《ぼっき》していると思うだけで、嫌悪が走る。

するとの一人がさらに恐ろしいことを口にした。

「光利様、私たちも原種半妖の妖力を分けてもらってもよろしいでしょうか」

「構わん。ただし酷《ひど》いことはするな。これから伊吹は何人も相手をしなければならないのだから、丁寧に扱えよ」

「嫌ですっ！　伯父さんっ！」

起き上がって伯父に詰め寄りたいのに、男三人でのしかかられていては、ほとんど動くこともできなかった。

「あっ……」

男に犯される恐怖に伊吹の目に涙が滲《にじ》んでくる。しかし一方、与えられる下肢への愛撫にも、認めたくない感覚が溢れ、目元が熱くなってきた。

「やばいな、こいつすげぇ色気。我慢できん。射精するのを待っていられないな」

伊吹の躰を押さえていた男の一人がガチャガチャと音を立ててベルトを外す。そして己を片手で取り出し、扱《しご》き始めた。そしてもう片方の手で、伊吹のシャツの上からでも勃《た》っているのがわかる乳首を、キュッと摘《つま》んできた。

「ああっ……」

「乳首、感じるのか。さすがは原種半妖だな」

男が侮蔑《ぶべつ》を含んだ声で愉《たの》しそうに告げる。するともう一方の男も反応した。

「乳首弄ってやると、早く射精するかもよ。男でも感じるらしいからな」

「へえ、そりゃいい。俺たち三人、すぐに妖力アップか」

まるで伊吹を物のように扱う男たちに、憤りしか感じない。すると今まで伊吹の躰を凌駕《りょうが》しようとしていた快感も引いていった。

誰が、こんな男たちのために、大切な妖力を分け与えるものか――！

絶対、ここから逃げ出してやる！

伊吹はいっそう固く心に誓った。

僕のものは全部、忠継さんのものだ。

キッと自分を押さえつける男たちを睨みつける。しかし男たちは伊吹にまったく怯むことなく、伊吹のスーツのジャケットを脱がせ始めた。そしてそのままワイシャツに手をかけ、ボタンが弾けて飛ぶほど乱暴に引き裂かれた。

「あっ……」

胸が露《あらわ》になる。

「綺麗《きれい》な色の乳首だな。あまり遊んでないんだな、伊吹様は」

伊吹『様』と言われても、茶化したようにしか聞こえない。彼らにとって伊吹は、哀れな生贄《いけにえ》にしか見えないのだろう。

「男に下半身しゃぶられながら、乳首を勃ててるとは、ずいぶん淫乱《いんらん》な原種半妖様だよな。女の相手なんてできるのかい？　俺たち男相手にしか勃たないんじゃないだろうな」

男の指が伊吹の乳頭を摑み、引っ張る。

「つっ……」

愛情の欠片《かけら》もない行為は、忠継と同じことをされても、伊吹に与えてくる感覚はまったく違った。忠継が触れてくれたところは、すべて伊吹に快感をもたらした。しかし今はおぞましさばかりだ。

絶対に、忠継さんのためにも、妖狐一族のためにも、三枝家の狐の妖力を増幅させたりするものか――！

こんな卑劣な男たちに触られたくらいで感じるものかと、伊吹は歯を食い縛った。

すると、遠くで何か騒ぐような物音が聞こえてきた。光利にも聞こえたようで、小さく舌打ちをした。

「九鬼の狐がもう嗅ぎつけたか」

九鬼の狐……？

その言葉に伊吹は忠継の姿が思い浮かんだ。

まさか、忠継さんが来てくれた——？

伊吹が信じられない思いで鉄格子の向こう側を見つめた。途端、大きな振動で牢屋が揺れた。辺りが瞬時にして煙幕に包まれる。

「あっ……」

弾みで伊吹にのしかかっていた三人の男が、転がる。伊吹は咄嗟《とっさ》に立ち上がった。

「伊吹っ！」

忠継の声が響いた。伊吹は必死で声のするほうへと走ろうとした。だが。

「忠継殿、それ以上動いたら、伊吹の命はないですぞ」

気づけば、伊吹の躰が淡い色の光に囚われていた。光利が術を放ったようだった。淡い光は次第に濃さを増し、伊吹の首元を締めつけてくる。

く、苦しいっ……。

「九鬼家に原種半妖の伊吹を渡すくらいなら、ここでこいつを殺したほうがましだ」

光利がゆっくりと伊吹の傍へとやってきて、伊吹の首をさらに絞めた。

「あっ……」

やがて煙幕も晴れ、前方に忠継の姿が見える。しかし忠継は伊吹の姿を見るなり、大きく目を見開いた。

その様子で、伊吹も自分の今の姿を思い出した。

スラックスを脱がされて性器を露にし、さらにワイシャツもはだけられている。誰が見ても何があったかは一目瞭然《いちもくりょうぜん》だ。

「っ……」

伊吹は目をきつく瞑った。こんな誰かに陵辱《りょうじょく》された姿など忠継には見られたくなかった。このまま儚くなってしまいたい。

忠継さんに嫌われる……。

そう思っただけで、伊吹はこのままここで光利に殺されても仕方ないとまで思えてきた。

しかし――。

「貴様っ！　伊吹に何をした！」

忠継の今まで聞いたこともないような、怒りを露にした叫び声が伊吹の鼓膜を震わせた。

こんなみっともない姿を晒した伊吹を詰《なじ》るわけでもなく、心から心配してくれているのが、強く伝わってくる。

忠継さんっ……。

忠継さん――。

忠継さんっ――――！

伊吹の瞳からとうとう涙が溢れた。愛しいという思いと、彼に何かあったらどうしようという不安が綯《な》い交ぜになって、伊吹の胸を苦しめる。

「何をした？　まだ何もしないうちに、忠継殿が突然いらっしゃったのではありませんか。それにしても、この来訪はいささか乱暴すぎるのではありませんか？」

光利は淡々とした様子で、正面に立つ忠継を迎えた。

「乱暴なのはこちらではない。私たちを迎えに出たそちらの者たちだ。我々はそれに応戦しただけだが？」

「っ……」

忠継が躊躇《ためら》いなく光利と伊吹に一歩近づいた。

「動くな。言っただろう？　九鬼家に伊吹を渡すくらいなら、殺したほうがましだと」

いきなりさらに伊吹の首を絞める力が強くなる。伊吹は忠継を心配させないように、平静を装いながら、声を出した。

「僕なら大丈夫です……っ。これくらい……平気……で……っ……」

空気が足りないのか、意識がふわふわとしてきて、いきなり伊吹の膝から力が抜けた。

だが、床に崩れ落ちる寸前に、腕を引っ張られ躰を引き上げられる。光利だ。

「やれやれ、健気《けなげ》な甥《おい》だ。あなたを心配させないように無理をしているようだな」

ぐったりとした伊吹の腰を抱いて、自分の胸に凭《もた》れさせた。

「さて、忠継殿、お聞きしたいことがあるのですが、あなたは伊吹のことを性的対象として見ておられますね？」

伯父の言っている言葉が耳に届くも、酸素不足のせいか、思考能力が低下し、伊吹にはしっかり理解できなかった。

「伊吹の躰からあなたの精を感じましたからな。こやつの躰の中に、あなたは無意味であっても種を植えつけた。そうではありませんか？」

光利の喉《のど》が愉しそうにククッと鳴った。

「原種半妖の力が欲しいだけなら、伊吹の種をその躰に取り入れれば済むこと。それを自らの種も伊吹に植えつけるとは、異常なまでの執着ですな。原種半妖のような半端者に、次期家長候補と言われるあなたが執着していると知ったら、九鬼家はどう反応しますかな」

「……それがどうした。もしかして私を脅しているつもりなのか？　残念だが、そんな脅しは通用しないぞ。私は伊吹を伴侶として愛している。それを恥じるつもりはないし、原種半妖である伊吹を愛していることを、九鬼家に隠すつもりはない」

「っ……恥だと思わないのですか？　妖狐の血を半分しか受け継いでない相手を伴侶にするなどと、ありえない。常識外れもいいところだ」

「なるほど、だからあなたは諦めたのですね。実の弟に、恋心を抱いているのは常識外れで、もっての他だと？」

「なっ……」

光利の顔色が一気に変わった。忠継はその唇に人の悪い笑みを浮かべ、言葉を続けた。

「そして弟を横から攫っていった女はとても憎いが、弟の息子、伊吹には複雑な思いを抱いている。だがそれを否定したい。否定したいが、伊吹に愛情が湧くのを止められない……そんなところですか？　光利殿、あなたはまったくつまらなくて、可哀想《かわいそう》な男だ」

「勝手に出任せを言うなっ！」

光利が手を振り上げると、忠継が立っていた場所の天井が崩れ落ちた。一瞬の差で忠継は結界を張ったようで、瓦礫《がれき》をどうにか避けることができたが、その隙に三枝の狐が忠継を取り囲み、一斉に呪縛《じゅばく》の術を放った。

「くっ！」

さすがの忠継も、六人の、それも妖力が強いであろう狐相手では、逃げ切ることができず、術に捕まってしまった。

光利の双眸が憎々しげに細められたかと思うと、その様子とはうらはらに、落ち着いた声で話し始めた。しかしその穏やかさがかえって、伊吹の恐怖心を煽《あお》る。

「忠継殿は誠に遺憾ながら、不慮の事故でお亡くなりになったと、あとで九鬼家にご連絡申し上げなければならないな……」

え……？　ただ……つぐ、さ……んが、不慮の……じ……こ？

もう目を開ける力もなく、ぐったりと光利に凭れかかっていた伊吹の脳裏に、ぼんやりと言葉が浮かんだ。

「そのまま結界内の酸素を抜いてしまえ。窒息死させてやる」

窒息……。

言葉の意味を手繰り寄せ、伊吹は光利が忠継に何をしようとしているのか理解した。

ただ……つぐ……さん……が、あぶ……ない……。

最後の力を振り絞って、両目をどうにか開ける。うっすらとした光の中、誰かが跪いて苦しんでいるのが見えた。

っ――――！

伊吹の双眸がカッと見開いた。

忠継さんっ――――！

忠継の姿を認識したときだった。伊吹の躰が燃えるように熱くなった。漲《みなぎ》る熱のようなものが躰の中で大きく膨れ上がり、まるで破裂する寸前のような圧を体内に感じた。途端、一気に目の前が真っ白になる。

『おねぇぇぇぇぇぇぇっっ！』

瞬間、聞いたこともないような大きな叫び声が辺りに響いたのを耳にし、伊吹はそのまま意識を失ったのだった。

＊＊＊

『おねぇぇぇぇぇぇぇぇっっ！』

何かの爆発でも起きたような凄《すさ》まじい風が室内に荒れ狂うと同時に、耳を劈《つんざ》くような獣の声が響き渡った。

忠継を呪縛していた六人の三枝の狐たちも、一斉に風に吹き飛ばされる。

「なっ……何があったんだ……」

忠継は床に躰を伏せたまま、伊吹たちがいた牢屋に視線を向けた。牢屋の鉄格子は爆風によって、ひん曲がっており、中も大きな爆発だったせいか、濛々《もうもう》と煙が立っていた。

「い……伊吹っ」

忠継は瓦礫が散乱する中、どうにか立ち上がり、伊吹を探そうとした。すると、立ち上る煙の中から黒い大きな塊がのそりと動くのを目にする。

なんだ――？

瞬間、忠継の動きが止まる。

「っ！」

煙の間から見えたのは、それこそ小山ほどありそうな大きな黒い狐だった。

あまりの大きさゆえに牢屋に入りきれず、自ら牢屋を破壊して、そこに現れたようだ。

「わぁ！」

その場にいた狐の一人が大声を出して、腰を抜かし、床に尻餅《しりもち》をつくのが忠継の視界の端に入った。誰もが震え上がり逃げることもできないほどだ。

『おねぇぇぇぇぇぇぇっっ！』

再び黒い狐が天を仰いで咆哮《ほうこう》する。声だけで、部屋中のものが振動でガタガタと小刻みに揺れた。

忠継が、突然現れた狐に目を奪われていると、誰かが大きな声で叫ぶのが聞こえた。

「尾が八つある！　八尾狐《やおぎつね》様だっ！」

忠継からは煙のせいで狐の尻尾《しっぽ》が見えなかったが、その声でこの大きな狐が神狐に属する、八尾狐であることを知る。

八尾狐の尾が大きく動く。すると牢屋どころか屋敷までが壊れそうな勢いで、壁や天井などが崩れ始める。

何かが大きく崩れる音とともに、また砂煙がドォッと轟音《ごうおん》を立てて噴き上がる。吹きつける風に、目も開けられないほどだった。

「どうぞ、お鎮まりください、八尾狐様！　どうぞっ！」

八尾狐の出現を聞いて、どこかに隠れていた三枝の家長、重信が慌ててやってきて、跪いて頭を床に擦りつけた。重信を含め、そこにいる誰もが神狐に属するとされる八尾の狐だと知ると、恐怖に平伏した。

「誰だっ！　八尾狐様の眠りを邪魔した不届者はっ！」

重信が真っ青な顔で叫んだ。誰もが顔を床に押しつけるように頭を下げ、無言で首を横に振るばかりだ。

しかし忠継は一人で顔を上げ、ずっと黒い大きな八尾狐を見つめていた。

「黒い……き、つね……」

その毛色にはひどく既視感があった。

「い……伊吹？」

それは伊吹がいつも半妖を恥じて、好きではないと言っていた毛色だ。だが忠継にとっては何よりも美しい色に感じ、ずっと愛してきた色でもあった。

しかし今、目の前にあるのは、神狐に属するという神聖な狐だ。先祖返りの妖力を持つと言われている原種半妖の域を、いくらなんでも超えている。だが——。

伊吹だ、この八尾狐は……。

忠継は直感でわかった。

「伊吹っ！」

忠継は八尾狐に向かって声をかけた。しかし八尾狐は怒りに我を忘れているようで、忠継のほうを見ようともしない。それよりも足元で腰を抜かしていた光利を踏みつけようとしていた。

「わあぁ！」

光利もどうにか床を這《は》いずり回って、逃げ惑っている。

「伊吹！」

忠継がもう一度声をかけると、それまで床に頭を擦りつけていた重信が顔を上げ、忠継に振り返った。

「あれが、伊吹だと？」

「ええ、そうです。伊吹です。どうやら我々の封印が解けてしまったようですが、まさか八尾狐の血を引いていたとは……」

妖狐一族の頭領も伊吹の妖力の封印には力を貸していたはずだったのに、それさえも破ってしまった伊吹の本来の妖力の強さに舌を巻くしかない。

「原種半妖は何百年に一度生まれるか、生まれないかの希少種です。言い伝えでは、その力は妖狐では収まらず、一旦怒らせると、荒ぶる神狐のごとく暴れていたそうですよね。そして我々の先祖も原種半妖の妖力の封印に手こずっていたようです。重信殿もそれはご存じでしょう？」

忠継の問いかけに重信は顔を顰《しか》めた。

「……言い伝えゆえに、そのような妖力などあるわけないと思っていた。所詮《しょせん》、半妖の亜種程度のものだと高を括《くく》っていた」

重信はそう言って、八尾狐を見上げた。八尾狐は足元の光利を踏みつけようと暴れている。光利も妖力を使って、どうにかかわしているが、このままでは彼が踏まれるのも時間の問題だ。さすがに妖力で身を守っても、八尾狐の一撃を喰《く》らえば、光利も無事では済まされない。

「怒りを鎮めるにはどうしたらいいか、ご存じか、忠継殿」

重信がとうとう九鬼の狐である忠継に助けを求めた。

「今、伊吹は錯乱状態に陥っていると思います。彼を落ち着かせるのが先決かと」

「光利が足元にいるのが、駄目なのか……」

「たぶんそれもあるでしょう」

「っ……光利！　八尾狐様をどうこうしようとするのはやめよ！　そこから逃げよ！」

重信の言葉に光利が反応したときだった。ほんの少しの隙が伊吹の攻撃をまともに喰らうきっかけとなった。

「ぐうっ！」

光利は伊吹の前足で払い除《の》けられ、壁に吹っ飛んだ。

「光利！」

そのまま意識を失ったようで、がっくりと項垂《うなだ》れ、床へと沈む。

「あの光利様が、やられた……」

それまで恐怖で固まっていた三枝の者たちが、妖力の高い光利がやられたことで、新たな恐怖に耐えきれず、悲鳴をあげ始める。

「うわっ……わああああ」

誰ともなしに立ち上がり、部屋の外へと逃げ始める。

『おねぇぇぇぇぇぇぇっっ！』

その鳴き声に耳がキーンとする。耳を塞《ふさ》がなければ鼓膜が破れそうな気もした。

物凄い風圧とともに八尾狐の尾がそこにいた狐を、三枝も九鬼も関係なく襲う。

「はあっ！」

それを重信が自身の妖力で結界を張り、守った。しかしそれが仇になり、八尾狐が新たな標的として、重信を狙ってきた。

「重信殿、危ないっ！」

忠継の声が早いか、八尾狐の動きが早いか、あっという間に、重信は八尾狐に咥《くわ》えられ、壁に叩きつけられた。いや、正確に言うと、咥えられたまま、壁と牙《きば》の間に挟まれたという表現が近い。

「くっ……」

八尾狐の金色の瞳が大きく見開かれる。自分が咥えている獲物を見定めているようだ。

「は……放せっ……」

牙に躰を挟まれ、身動きのとれない重信が震えながらも訴えた。しかし八尾狐は牙に力を入れ、じわじわと重信を嚙《か》み殺そうとした。

まるで獰猛な野獣が力の弱い獲物をいたぶっているようにも見えた。

「あ……やめ……私が悪かった、やめてくれ……あっ……ああ……」

「駄目だ！　伊吹、彼を殺したら駄目だ！」

忠継は自分の身も構わず、伊吹の前に飛び出した。伊吹の重信を噛もうとする動きがわずかに止まる。

「忠継様っ！　おやめください。それは伊吹君であって伊吹君ではありません！」

結城の声が響いた。しかしそれを無視し、忠継はさらに伊吹のもとへと近寄った。金色の目に忠継が映ったのがわかった。

「伊吹……」

それまで見開いていた伊吹の瞳がゆっくりと細められる。そして顎《あご》を緩め、口許《くちもと》から重信を解放した。そのまま今度は忠継のほうへと顔を向けてきた。

「忠継様、お逃げくださいっ！　殺されます！」

「いい！　どうせいつかは死ぬんだ。伊吹に噛み殺されるなら、それはそれで本望だ！」

忠継は伊吹の瞳を見つめながら叫んだ。すると伊吹の牙が今にも忠継の顔に当たるほどの距離に近づいてくる。

「忠継様っ！」

伊吹の鼻先がそっと忠継の頬《ほお》に触れた。静かに撫でるように鼻先を擦りつけてくる。それはまるで親愛の情を示しているかのようだった。

「伊吹……俺がわかるのか？」

忠継が声をかけるが、伊吹はゆっくりと目を閉じ、その大きな図体を忠継の傍に横たえ、そのまま眠り始めた。

「伊吹……眠ったのか？」

忠継は自分の前で眠る八尾狐の鼻先に頬をすり寄せた。それでも目を覚ますことなく、伊吹は深い眠りに就いたようだった。

「大丈夫ですか、忠継様」

結城が駆け寄ってきた。彼には伊吹の母、静子と美園の救出を任せていたが、ここにいるということは、そちらは無事に任務を完了させたようだ。

「俺は大丈夫だ。それよりも重信殿と光利殿の怪我《けが》のほうが酷い。至急、二人の手当てを」

「私より、光利を頼みます」

忠継が結城に指示を出している途中で、重信が起き上がってきた。どうやら自分の妖力で治せる程度の怪我だったらしい。出血もすでに止まっていた。しかし光利は未《いま》だ意識を

失ったままで、まったく動かず、無事だった仲間に抱えられ部屋から運び出されていった。

忠継はそれを見送ると、隣にいた重信に語りかけた。

「原種半妖を使役しようというのが、どれだけ愚かなことか、もう充分おわかりになりましたね」

忠継の声に、重信は表情を歪めた。そして悔しげに歯を食い縛り、何かに耐えるような仕草を見せた。自分の過ちをなかなか認めにくいのだろう。

だが、道を誤りつつある三枝家を正すのは、今しかない。彼らの見果てぬ野望に終止符を打たさなければ、妖狐が滅びる日も早くなるだけだ。

忠継は続けて口を開いた。

「原種半妖に限らず、種族の優劣で、片方を隷属させようなどと考えるのは、もう時代遅れなのです。人間との共存こそが我々が生き延びる道でしかない。かつて十家あった名門が廃れ、今や六家しか存続していないのがいい例でしょう」

残った六家を六狐聖と呼んでいるが、それもいつまで続くかわからない。新しく生まれてくる妖狐のうち、妖力の低い者が少しずつ増えている今、そのうちのいくつかの家はまた断絶し、消えゆく運命だろう。

「我々は淘汰《とうた》される側の種族――、この地球から消えゆく生命体の一つであることを、自覚しなければならない」

その声に、重信は力強く忠継を振り返った。その顔は怒りに満ちていた。

「まさか、我々が人間に負けるというのか？　なんの力も持たない人間ごときに――」

信じられない様子で咎《とが》められるが、忠継は淡々と答えを返した。

「人間はなんの力も持たないものではありません。自分たち持つ力の可能性をいつも広げようと努力している種族です」

「たとえそうだとしても、それに我々が負けるのか、と言っているのだ」

下等生物だと思っている人間より劣ると言われたことに、よほど腹が立ったのか、重信は強く反発した。

「いえ、勝ち負けではなく、簡単に言えば、我々が地球に必要とされていないのではないですか？　または最後の審判で大罪を受けるのは人間で、我々はそこに至らずに済む、赦《ゆる》された幸運な種族なのかもしれませんね」

重信は忠継の言葉を聞いて、一瞬何かを言いたげに口を開いたが、すぐに思い直したように閉じた。そして悔しげな表情で視線を伏せ押し黙った。自分でも認めなければならないものがあったのだろう。

「かつて我々を畏《おそ》れ敬っていた人間の心は、もうどこにもないということか……」

ほんの百年前までは、世界には不確かなものがたくさんあったはずなのに、今はすべてがはっきりとデータ化され、または共有化され、曖昧《あいまい》なものが消えつつある。

妖狐という存在、また、眷属《けんぞく》である妖かしという存在は、その曖昧という世界に生きていたもので、もう現代にはそぐわなくなっているのだ。

「時が流れて変わっていくように、人の心も、そして在り方も変わっていく。我々もまた、その流れに乗り損ねてはならないと思っています。生きていく、ということはそういうことなのでしょうね」

忠継は横で静かに寝息を立てる大きな黒い山を見上げた。伊吹の本来の姿だ。何事もなかったかのように、忠継の隣で安心しきった顔で眠っている。そんな伊吹の姿を見ていると、愛しいという思いが忠継の胸に込み上げてきた。

愛しいものがある、守りたいものがあるという思いは、自分の持つ力をそれ以上に強くさせる大切な核だ――。

忠継にとって、伊吹はまさにそういう存在だった。

「重信殿、私は、妖狐という種族が愛しいんですよ。だからこそ少しでも長く人間と一緒に、暮らしていきたいと願っているんです」

妖狐が幸せにこの世界で生きていけるように――。

忠継はそう願いながら眠りから覚めぬ伊吹を再び見上げた。すると傍らに立つ、重信の声が耳に入ってきた。

「……そろそろ私も隠居をする日が近づいているのかもしれませんな」

「重信殿……」

ぽつりと彼が放った言葉は、寂しさを帯び、救出活動で騒然とした現場に、搔《か》き消されていった。

◆伍◆

伊吹の目が覚めたのは、翌日のことだった。伊吹は九鬼家の屋敷の部屋で寝かされていた。

「ただ……つぐ、さん……」

すぐ目の前には忠継の顔があった。

「目が覚めたか？　伊吹」

伊吹は思わず、勢いよく布団から起き上がった。

「忠継さん……っ」

忠継の顔を見た途端、安心してしまい、ぶわっと涙が溢れてしまった。あまりにも突然涙が出てしまったので、伊吹自身もあたふたしてしまったが、忠継が優しく抱きしめて、背中をさすってくれた。

そうして、やっと無事に九鬼家に戻ってきたことを実感し、伊吹も落ち着くことができた。

あれから結局、妖狐に変化《へんげ》した伊吹を、妖狐一族の頭領と、九鬼家の家長らが妖力を使って、人間の姿に戻してくれたらしい。

伊吹は八尾狐の血を引いているようで、妖狐になった伊吹はかなり凶暴だったと、忠継に笑いながら説明された。

「母は大丈夫でしょうか？」

ひとしきり、現状を説明されて、一番心配になったのは母のことだった。怪しい術をかけられて、死んだ父を生きていると思い込まされてしまった母が心配でたまらない。伊吹は忠継の顔を見上げた。

「大丈夫だ。術をかけられていたようだが、それは三枝家の光利殿にきちんと解いてもらった。あとは心身ともに何も問題なさそうだったが、念のために今、検査入院をしてもらっている」

「ありがとうございます、忠継さん。何から何まで助けてくれて……」

伊吹は敷き布団の上に正座すると、改めて忠継に頭を下げた。すると、どこか拗《す》ねたような声で忠継が話しかけてきた。

「お前が思った以上に強い妖狐で、少し残念だったな」

「え？」

驚いて顔を上げれば、眉間に皺を寄せ、少し不機嫌な忠継の顔が見えた。

「これからは、俺が守るなんて、かっこいいことが言えなくなった」

「そんな、忠継さんは僕にとって、永遠にかっこいい幼馴染で憧《あこが》れの人です。それは絶対変わらないです！」

「伊吹……」

忠継の瞳が驚いた様子で、大きく見開かれた。もう『幼馴染』という言葉で甘えてはいけないのだろうか。そんな不安が急に伊吹を襲ってきて、慌てて言葉を足した。忠継には嫌われたくない。

「いつまでも幼馴染って言うのはおこがましいかもしれませんが……」

「いや、それは構わないし、実際俺とお前は子供の頃からの縁だから幼馴染だろう？　だが、俺はそんなにかっこよくないぞ？」

「た、忠継さんは、時々ちょっと意地悪ですが、優しくてとてもかっこいいです！」

伊吹が力説すると、忠継がふいと視線を外した。

「時々ちょっと意地悪か……」

「あ！　あの、すみません。生意気なことを言って……」

意地悪などと、弾みで本音が出てしまったが、ここで言うべきことではなかったと、伊吹も反省する。しかし忠継はそのことについて何も言及せず、ぽつりと呟いた。

「……照れるな」

「え……」

忠継の様子で、ようやく伊吹もどさくさに紛れて、自分の思いが口から零れていたことに気づいた。

ど、どうしよう、忠継さんを目の前にして、優しくてかっこいいって言っちゃった……。

途端、伊吹の頬にじわりと熱が集まった。忠継もこちらを見ようともせず、伊吹はこのなんとも言えない空気にどうしたらいいのかわからなくなった。

好きってばれたら、忠継さんに迷惑かも――。

妖力の受け渡しというドライな関係で、もしかしたら伴侶となるかもしれない忠継に、伊吹が忠継のことを好きだとわかってしまったら困る。

それに彼自身も優しいから、自分に好意を寄せている伊吹が可哀想になり、ドライに接することができなくなって、苦悩するかもしれない。

もしかしたら、伊吹に悪いからと伴侶の話を白紙にすることもありうる。

それは嫌だ――！

刹那《せつな》、胸がきつく締めつけられたように苦しくなった。

たとえ、そこに伴侶としての愛がなくとも、一緒にいたい。それには、やはり伊吹の気持ちを忠継に知られないほうが無難だ。

こんなに好きだと気づいてしまったからには、これからこの思いを彼に隠して生きていくことに不安を覚える。

いつまでも忠継にとって、気安い幼馴染でいたい。気まずくなりたくない――。

伊吹は膝の上で握っていた拳《こぶし》をさらに強く握りしめた。すると、忠継もこの場をどうにかしようと思ったのか、わざとらしく話題を変えてきた。

「いや……。ああ、そうだ。三枝の家長や、お前の伯父の件は妖狐の頭領預かりとなった。それぞれ後でなんらかの処分が決まる」

伊吹もこの空気から逃れたくて、忠継の話に乗った。

「伯父は、弟である父のことを思っての行動もあったかと思います。あまり酷い処分を受けなければいいのですが……」

「光利殿か……。そうだな、お前もなんとなくは気づいていたということか……」

「え？」

意味がわからず聞き返すと、忠継は首を左右に振った。

「いや、いい。こちらの話だ」

そう言うと、忠継も口を閉ざしてしまった。再び沈黙が続く。

今度こそどうしていいかわからず、伊吹も居心地の悪さを感じながら布団の上で正座をし、視線を伏せていると、名前を呼ばれた。

「伊吹」

「はい」

伊吹が改めて顔を上げると、真摯《しんし》な瞳を向けた忠継と視線がかち合う。

「お前より弱い夫なんて、いらないだろうな」

「え？」

忠継が自嘲《じちょう》的な笑みを零す。

「お前は一人でも立派にやっていける。本当は俺など必要ないのかもしれないな」

「なっ……そんなことないです。僕はいつも忠継さんや九鬼家の人に守られて、ここまでやってきました。忠継さんが僕にとって必要ないなんてこと、絶対ありません！　冗談でもそんなことを言わないでください」

伊吹には自覚はないが、忠継の話で、神狐に属する八尾狐の遺伝子を持った先祖返りだとは聞いた。だが、そんなことで自分が強いなどと思ってもいない。今でも、今このときでも、忠継のほうがずっと強く、かっこいいと思っている。

「俺は、本当は情けない男なんだぞ」

伊吹はその言葉に大きく顔を左右に振った。

「三枝からお前を守るために妖力を封じ込めていたが、本当はお前が強くなって、俺から離れていくのが怖かったんだ。お前を絶対に手放したくなかった」

え……？

伊吹の手に忠継の手が上からそっと重ねられる。その手はわずかに震えていた。

忠継さん――？

「お前と初めて会ったとき、俺は一族のお婆《ばば》に、あの園遊会で運命の伴侶に出会うと言われていた。最初は意味もわからなかったが、お前と会った途端、すぐにわかった。俺にはお前しかいない。俺のたった一人の運命の伴侶だと、本能が訴えてきた。それからずっと俺はお前しか見ていない。こんなに愛しているのは、お前だけだ」

「……そんなこと、全然聞いてない」

いきなり告白され、呼吸が止まりそうなくらい胸がどきどきする。どこまでが現実で、どこからが夢なのか、わからないほど頭が混乱する。

「言ってないからな。言えば、お前は俺から逃げただろう？　だから言わなかった。それにお前は妖力を封じ込めているから、俺が運命の伴侶だとわからないだろうし。こんな横暴な男に迫られたら、嫌がられるのはわかっていた」

伊吹は自分の手の上に被《かぶ》さっている忠継の手を、もう片方の手で強く握りしめた。驚いた忠継が伊吹を見た。

「逃げるわけない！　僕がどんなに忠継さんのことが好きなのか知らないくせに！」

「お前の好きと俺の好きは種類が違う。俺のは、お前のことを抱いて、ぐちゃぐちゃに啼《な》かせたくなる男の欲望を伴った『好き』だ」

「僕だって、忠継さんになら、何をされてもいいし、絶対僕以外の人を伴侶に選んでほしくないって思ってる。忠継さんに本命の人がいても、気づかないふりして独占したいと思うほど……好き、大好き！」

「え？　本命の人？」

忠継がおや？　という顔をした。きっと伊吹が知っていたことに驚いたのだろう。伊吹は仕方なく、知っている理由を口にした。

「忠継さん、前に本命の人には手が出せないって……言ってたから……」

「あ？　ああ……」

忠継はふと明後日《あさって》の方向を見て頷いた。気まずいのかもしれない。

「お前、それ、本当に気づいていないのか？」

「え？」

「それ、お前のことだ」

「え……僕のこと？」

一瞬、意味がわからなかったが、じわりじわりと頭に熱が上ってきた。意味を理解したときにはどうしようもないほど、顔が真っ赤になってしまった。

「僕のことなんですか？」

「お前なぁ……気づくのが遅すぎだ。それに大体、俺のことが好きって……。今までそんな仕草まったくなかったのに、どうしたんだ、急に」

「確かに気づいたのは最近だけど、気づくのが遅かっただけで、ずっと忠継さんが好きでした。もう絶対に離れたくないって思うほどに……」

そう告げても、忠継は未だ半信半疑な表情をするばかりだ。忠継を説得するために、伊吹はさらに言葉を足した。

「あの！　僕が軽はずみなことをそんなに言わないの、忠継さんだってわかってますよね？　こうやって口に出すのも、考えて……考えすぎるくらい考えて言ってるんです！」

「伊吹……」

「僕を忠継さんのお嫁さんにしてください」

一世一代の告白をした。なのに、未だ忠継が信じられないような顔をして見つめてくる。そんな顔をする彼が許せず、伊吹は思いきり彼に飛びついた。

「わっ！」

一緒に畳の上に転がる。忠継が伊吹の下になった隙に、伊吹は彼に自分からキスをした。

「……忠継さんが好き。たとえ妖力が目当てで僕を娶ってくれても嬉《うれ》しいほど、忠継さんが好き……っ……」

ぽろぽろと伊吹の瞳から涙が零れた。泣くつもりなどまったくなかったのに、感極まって自然と涙が出てきたようだ。伊吹の下になっていた忠継が、伊吹の頬を伝う涙を指で掬《すく》ってくれた。

「伊吹、今さら勘違いでした、というのはなしだぞ？　俺をその気にさせたんだ。もし嘘だったとしても、お前の一生で償ってもらうからな」

「嘘じゃない……好き……あっ……」

突然躰が反転したかと思うと、息つく暇もなく、伊吹の上に忠継が覆い被さっていた。

「俺もお前が好きだ。愛している。これからもずっと傍にいてくれ」

「忠継さん……」

伊吹は自分の上に被さる忠継の首に手を回し、引き寄せた。忠継の手が、伊吹の寝巻きがわりの浴衣《ゆかた》の袷《あわせ》を割って、滑り込んでくる。浴衣の腰に巻かれていた細い帯に手がかかり、解かれる。すると一瞬、忠継の手が止まった。

「もう勃っているのか？　伊吹」

「忠継さんが傍にいるだけで反応してしまうんです」

「可愛《かわい》いな」

そう言って、すぐに手を再び動かし始める。浴衣は簡単に脱がされてしまった。素肌が彼の目に晒される。

「少し寒いかもしれないが、すぐに熱くなるから我慢しろ」

「んっ……」

鎖骨の窪《くぼ》みのところにいきなりキスをされ、くぐもった声が伊吹の唇から零れ落ちる。

「伊吹、感じている声をもっと俺に聞かせろよ。それじゃあ足りない」

「あっ！」

伊吹の黒い艶《つや》やかな髪から、耳がぽんと飛び出してしまった。忠継に甘い声で囁《ささや》かれただけで、感じてしまったのだ。

「もう耳が出たのか？　本当に可愛いな」

忠継の唇が伊吹の耳に寄せられる。そのまま甘く嚙まれた。

「あっ……」

お尻の辺りがむずむずとする。とうとう我慢しきれず、尻尾も出てしまった。

「相変わらず尻尾もふさふさで、そそるな」

いやらしい手つきで尾を触られ、伊吹の下肢に重い痺《しび》れが生まれる。それと同時に、躰が甘い欲望に蕩《とろ》け始めた。

「あ……忠継さんも……」

忠継のシャツのボタンを、伊吹は震える手で外した。自分だけ脱がされているのは恥ずかしいし、寂しい。

「俺の服を脱がせてくれるのか？　大胆だな、伊吹は」

忠継は満足げに笑みを零すと、尾を持ち上げ、伊吹に見せつけるように舌で尾の毛づくろいをし始めた。

「あっ……あああっ……」

じんじんと熱い刺激が伊吹の下半身を直撃する。忠継に大切な尾を触られていると思うだけでも、情欲が破裂しそうだ。その証拠に伊吹の男根が頭を擡《もた》げ、腹の上でゆらゆらと揺れているのが見えた。

焦《じ》らされる――。

尾や耳だけでなく躰中、いっぱい触ってほしいのに、忠継はなかなか触ってくれない。時々悪戯《いたずら》に伊吹の乳首をぺろりと舐《な》めたり、脇から臍《へそ》の辺りを指で撫でたりするだけだ。

「あぁ……忠継さんっ……」

もっと違うところを直《じか》に触ってほしいのに、そこには何も愛撫を与えられず、先を促すのは、はしたない行為と知りつつも、忠継に要求してしまいそうになる。

「どうした？　伊吹」

伊吹の視線が彷徨《さまよ》うのに気づいているのだろう。愉しそうに声をかけられる。伊吹が焦れていることを知っていそうだ。意地悪な忠継の一面がこんなところに現れる。

「ただ……つぐ……さんっ……」

我慢できずに掠《かす》れた吐息でねだってしまう。

「なんだ？　伊吹。可愛い声で俺の名前を呼ぶなんて……」

忠継が指先で伊吹の下半身を軽く弾いた。

「あっ……ん」

中途半端な愛撫に背筋がぞくぞくする。快感に耐えるようにして、伊吹は忠継の背中にしがみついた。

「そんなにしがみついていては、お前を可愛がってやれないだろう？」

忠継は伊吹の耳元で囁くと、やっとその指を伊吹の下半身に絡ませた。そしてゆっくりと扱きだす。

「あっ……」

強い刺激に伊吹の腰が艶《なまめ》かしく揺れる。その動きに誘われるようにして、忠継が、伊吹の乳首に舌を絡ませ、そしてきつく吸い上げた。

「ああっ……ただ……っ……」

乳頭をきつく吸われたかと思えば、すぐに舌で丹念にしゃぶられる。

「くふっ……」

あまりの刺激の強い快感に、思わず伊吹の鼻から息が抜けた。すると続けざまに忠継の手が待ちかねた伊吹の下半身へと滑っていく。

「あ……んっ……」

何度も扱かれ、伊吹の屹立《きつりつ》がぬちょぬちょといやらしい音を立て始める。そんな音を出してしまう恥ずかしさに、伊吹は自分の顔を両手で隠した。

「隠すな、伊吹。お前の可愛い顔を見せろ」

忠継に制されたかと思うと、手首を摑まれ顔から剝《は》がされる。

「そんな……こんな顔、みっともない……っあ……ああっ……」

「みっともなくなんかない。可愛い。さすが、俺の伊吹だ。全部可愛い」

忠継は伊吹の手をそのまま自分の唇へと持っていくと、手の甲、そして指先と舐めるように舌を絡ませた。

「っ……ああ……」

唇が触れた指先から官能的な痺れが伊吹の背筋を駆け上ってくる。

「伊吹、好きだ。どうしてこんなに可愛いんだ。どこもかしこも甘くて舌が蕩けそうだ。お前の躰を余すところなく舐めて、舐めつくして、孔という孔を全部俺で埋めてやりたい」

「忠継さん……」

嬉しさに涙がまた溢れてしまう。好きな人が自分のことを好きだと言ってくれることが、こんなに嬉しいものだとは知らなかった。

「そんなに縋られると、さすがの俺も理性が飛ぶ」

「えっ？」

伊吹が嬉しさを嚙みしめていると、伊吹の下半身に絡みついていた指の動きが激しくなる。

「ああっ……」

鼓動が速まるのと一緒に、全身に淫《みだ》らな熱が滾《たぎ》る。

「んっ……」

「声を聞かせてくれ、お前が俺で感じているのを教えてくれ、伊吹」

「はあっ……忠継……さんっ……あっ……好きっ……んっ……」

熱が一点へと集中し、渦巻くような快感が濁流となって伊吹の神経を凌駕してくる。耐えきれない快感に、伊吹が腰を浮かせて逃げようとしても、すぐに忠継に押さえつけられ、引き戻される。

そして忠継が舌なめずりしたかと思うと、伊吹の下半身をその口に咥えた。

「忠継さんっ！」

前もこういうことがあったが、あれは妖力の受け渡しで仕方がないと思っていた。しかし、こうやって愛を交わしている今にされると、また違う感覚が生まれ、羞恥で死にそうになった。

「や……駄目です！　離してください！」

「最近は、いつも飲んでやっていただろう？　今さら何を言っている」

「だって、あれは妖力の……ああっ……」

伊吹の抗《あらが》いの声など一切無視し、忠継は舌や歯で激しく伊吹を攻め立てた。

「ああっ……ふっ……」

口腔《こうこう》内の奥深くに取り込まれ、艶かしく淫猥《いんわい》にしゃぶられる。さらにそのまま鈴口に舌を差し込まれて刺激され、射精を促すような行為にまで発展しだす。

「んっ……ああ……っ」

伊吹の弱いところなどすでに熟知している忠継にかかっては、伊吹の抵抗などものともしない。あっという間に陥落されてしまう。

「だ……め……」

そう言いながらも腰を振ってしまう。これではまったく説得力がない。

益々淫靡《いんび》な熱は膨らむ。忠継は歯と舌と頬を巧みに使い、より一層、伊吹を快楽の淵《ふち》へと追い詰めてきた。

「あぁっ……」

視界が霞《かす》む。躰の奥底で沸々と煮えたぎる愉悦に、頭の芯までボウッとしてくる。そのときだった。忠継の指が、以前彼と繋がった場所へと忍び込んできた。潤滑油か何かを指につけているのか、簡単に飲み込んでしまう。

「ふっ……」

すぐに下肢に蠢《うごめ》く異物を感じた。

「忠継さんっ……あっ……」

忠継は伊吹の中に指を挿《い》れたまま、下半身を咥えた。敏感な場所に彼の歯が当たって、淫らな快楽がぶり返す。さらに忠継の指が伊吹の中の少しこりこりと硬くなったところを何度も刺激してきて、恐ろしいほどの愉悦が湧き起こった。二つを同時に攻められ、そこから与えられるあまりの快感に、伊吹の尾がピンッと張る。

「もう……我慢でき……ないっ、達《い》く……口を放してっ……忠継さ……んっ……あぁっ」

意識が一瞬遠くへと飛ばされる。理性が快楽に呑み込まれ、本能のまま忠継の口腔の中へと己の熱を発散させた。

「ああぁっ……だめですっ、吐き出して……はあっ……っ」

伊吹が止めるのも聞かず、忠継はきつく伊吹の男根の先端を吸い上げる。まだそれでも足りないとばかりに、手で竿を扱き、まるで精液を搾り出すようにして、伊吹のものを吸いつくそうとしてきた。

「あ……あああぁっ……」

奥に溜《た》まっていたものまで、彼の口の中に吐き出してしまう。

激しい運動をしたかのように、伊吹の胸が空気を取り入れようと、大きく何度も上下する中、忠継が冷静な顔をして、伊吹の精液をそのまま喉元をゆっくり隆起させ嚥下《えんげ》した。そして、艶かしく唇を濡らしていた白い汁を、手の甲で拭《ふ》き取ったかと思うと、その甲を舌でぺろりと舐めとる。忠継のその動作一つ一つに、男の野性本能のような艶を感じ、伊吹の全身が官能的な痺れに震えた。

「んっ……あっ……」

出つくしたはずなのに、伊吹の躰からはまだ何かが溢れそうだった。

忠継さん——。

彼のもので躰中を埋めつくしたい。熱い楔《くさび》で擦って、最奥まで穿《うが》たれたい。次々と淫らな願望が湧き起こる。

愛しているからこそ、彼を全身で感じたい——。

挿れて——。

そう願ったときだった。伊吹の思いが聞こえたかのように忠継がそっと呟いた。

「挿れるぞ」

甘い声で耳元に囁かれ、うつ伏せにされる。背後からきつく抱きしめられ、彼の愛情が伊吹にジンと伝わってきた。そのまま灼熱《しゃくねつ》の楔が伊吹を貫く。

「ああっ……」

以前、誤解されて抱かれたときとは違う。伊吹の躰が、襞《ひだ》が、積極的に忠継を飲み込もうと蠢いているのがわかる。

「た……忠継さん……っ」

「くっ……中のうねり具合がいつもと全然違うぞ……っ。お前、あいつらに催淫剤か何かを使われたのか？」

忠継に伝わってしまうほど、伊吹の躰は悦《よろこ》びを露にしていた。

「違うっ、忠継さんだから……忠継さんを愛してるって気づいたら……躰が勝手にこんなふうに……ああっ……」

目いっぱいに広げられた伊吹の蕾《つぼみ》が、さらに大きく広げられる。忠継の欲望が大きく膨らんだのだ。

「なっ……忠継さん、大きいっ……」

「くそっ、お前が俺を悦ばすことばかり言うからだ」

「だって……今まで妖力の増幅のために抱かれていたと思っていたから――ああっ」

忠継の屹立が動くたびに伊吹の淫壁に引っ張られるような感覚が生まれる。そしてその感覚はすぐ熱に変わり、伊吹の躰を熱くさせる。絶え間なく与えられる痺れる熱に、伊吹の肌がざわめいた。

「あっ……あ……あっ……」

甘く嬌声《きょうせい》をあげると、忠継が背後から抱きしめてきて、ぴくぴくと引き攣《つ》る伊吹の可愛い獣耳に、歯を立てて吐息を吹き込んだ。

「伊吹、本当にずっと抱かれているのは、妖力のためだと思っていたのか？」

「え……」

「半妖のお前に俺の精を注いでも、別に俺の妖力は上がらないと気づいていないのか？」

「あ――」

そうだ。よく考えれば、伊吹の精液は妖力を上げる力があるからこそ、その躰に取り込むことを目的とされる。だが、原種半妖の体内に精を放っても、その妖力が上がることはない。抱いても意味がないのだ。

忠継さんは、最初から僕を愛しているから抱いてくれたの――？

伊吹はそのことに気づき、肩越しに忠継を振り返った。

「その様子では、やはり気づいていなかったようだな。まったく鈍感にもほどがある。これは少し教育しないとならないな」

「えっ……あっ！」

いきなり忠継の腰の動きが激しくなる。それとともに、伊吹の吐息にもまた艶が交じりだした。

「ああっ……はあっ……」

彼の楔が伊吹の中を強く擦り上げてくる。そのたびに、彼の熱を貪欲に奪おうと伊吹の肉壁が蠢き、息が詰まりそうになるほどの愉悦が躰の底から絶え間なく湧き出した。そうしているうちに、彼が伊吹の中でさらに嵩《かさ》を増すのを感じた。愛おしさに思わずきつく締めつけてしまう。

「うっ……」

途端、忠継の呻《うめ》き声が頭上から響いた。

「くっ、まったく、悪戯が過ぎるな。あやうく、簡単にもっていかれそうだったぞ。俺もお返しをしないとな」

「え……ちがっ……あっ……」

違うと反論したいのに、激しく突き上げられ言葉にならない。

激しい抽挿に、四つん這いにされた伊吹の足や腕から力が抜け、シーツへと沈みそうになるのを、忠継が臀部《でんぶ》だけ持ち上げ、自らの腰を打ちつけてくる。

「あ……ああっ……ただ……つ、ぐ……さんっ……ああっ……」

身も心も淫蕩《いんとう》な甘い汁に、ドロドロに溶けてしまいそうになる。そして、二人が溶け合うようにして快楽に支配される。

「あっ……あっ……だめっ……深い……深いの怖いっ……ああっ……」

どこが終わりなのかわからないほどの奥まで忠継に暴かれる。彼を貪るようにしてきつく絡めとれば、最奥の先に熱い飛沫《ひまつ》が弾けるのを感じた。忠継も達したのだ。

「あああああっ……」

内膜に広がる刺激に、今までどうにかしてやり過ごしていた熱が一気に溢れ返り、シナプスを介して全身に氾濫《はんらん》する。気づけば伊吹はまた、シーツに白濁した体液をぽたぽたと零していた。

「あっ……はあはあはあ……」

「さっき、しっかり搾り取ったと思ったが、まだ残っていたんだな。お前の種をシーツに吸わせるとはもったいないことをしたな。次はもっときつく吸い上げて、全部俺が貰う。一滴残らず、な」

「っ……」

恥ずかしさで躰が熱くなる。しかし下肢に埋まった忠継は未だ射精し続け、一向に止まる気配がなかった。

「た、忠継さん……そんなにたくさん……っ……出さないで……っ……ああっ……」

忠継の精液は止《とど》まることなく、どくどくと伊吹の中に注入される。あまりの量の多さに接合部分から彼の精液が漏れ、粗相をしているような錯覚さえ覚えた。

「あっ……そんな……いっぱい……っ……」

躰の奥が忠継の精液によって余すところなく濡らされ、満たされていく。伊吹はその刺激に淫らな熱をますます昂らせ、またまた射精をしてしまった。

「あっ……んっ……」

「また達ったのか？　可愛いな」

忠継が伊吹の中に精液を注ぎ込みながら、伊吹の先端を指で摘む。ほとんど水のようなさらさらの蜜液《みつえき》だ。

「もっと達かせてやる。今まで俺の愛を感じていなかったと言うのなら、存分に感じさせてやろう」

忠継は伊吹の下腹に、粘り気を失った精液を塗り込めると、己の下半身を挿れたまま、伊吹を反転させ仰向けにさせた。そして再び、腰の動きを激しくする。

「ああっ……もう……だ、め……っ……」

腰を忠継に強引に引き寄せられ、さらに奥へと男の欲望が捻《ね》じ込まれる。眩暈《めまい》のするような激しい快楽が伊吹の中で破裂した。

「あっ……んっ……」

「もっと俺を感じろ、伊吹。俺なしではいられないように――」

「あ、あ、あ……っ……忠継さ……んっ……」

伊吹を捉《とら》えて放さない熱い肉棒に、伊吹は翻弄《ほんろう》された。やがて理性は快楽に押しやられ、狂おしいほど愛しく、そして淫らに忠継を欲する。

「あっ……ああっ……はああっ……」

「伊吹――愛している」

伊吹の吐息がひっきりなしに零れる唇に、忠継のそれが重なる。丁寧に、じっくりとキスを味わうと、ぷるんとした桜色の下唇に軽く歯を立てられた。

軽く甘い痛みに、伊吹が熱で腫《は》れぼったくなった瞼《まぶた》を持ち上げると、忠継の幸せそうに笑う顔が目の前に飛び込んできた。

「忠継さん？」

小さく笑みを浮かべると、また口づけを落とされる。それからバードキスのように、軽いキスを何度も交わした。お互いの愛を確かめ合うように、何度も何度もキスをする。

「愛している、伊吹。結婚してくれ――」

胸の奥まで深く彼の言葉が響く。ずしんとした重さに、伊吹の胸が打ち震えた。

「僕も……」

声が震えてしまう。それに涙で忠継の顔もぼやけてきた。それでも伊吹は小さく息を吸って、自分の思いをしっかりと口にした。

「僕も、忠継さんのことをずっと愛していました。どうか僕をお嫁さんにしてください」

何度目かわからないほど誓う、愛の言葉。

愛している——。

伊吹は両手で忠継の頰を包み込むと、自分から彼にキスをしたのだった。

それからその日は、伊吹は一日中、忠継と睦《むつ》み合い、自堕落に過ごした。そして夜になって、忠継のもとに一つの報告が入った。

三枝家の家長、重信は隠居し、伊吹の伯父、光利もそれに倣い、一線から身を引くことになったということだった。

光利の立場を考えれば、それが一番いい身の引き方だとは思うが、伊吹は寂しくもあった。

弟である伊吹の父のことを期待し、目にかけていた光利の裏切られたと感じた気持ちが、なんとなく理解できたからだ。

「三枝の次の家長は鈴矢殿に決まったらしい」

結城から報告を受けて、再び伊吹の部屋へ戻ってきた忠継が教えてくれた。

「え？　美園さんの旦那《だんな》さんの？」

「ああ、今回の件で、三枝の上層部が一掃されたらしい。もちろん頭領の考えもあるが、三枝家自身が決めたことだそうだ。それで次の世代に未来を賭《か》けるという意味も込めて、鈴矢殿に白羽の矢が立ったということだ」

「美園さん、妖狐一族の仲間入りした途端、いきなり家長のお嫁さんになるなんて、大変ですね」

そう伊吹が言うも、忠継からは返事がなかった。あれ？　と思って自分を抱きしめる忠継の顔を見上げると、あからさまに不機嫌な顔をしていた。

「た、忠継さん？」

「美園という女は、人妻だぞ。いいか、わかってるか？　浮気は厳禁だからな」

「は？　もう莫迦なことを言わないで、忠継さん。どうして僕が美園さんと浮気をしないとならないんですか？」

「お前は、前からずっと美園という女を気にしすぎているからな。それにお前は可愛すぎる。お前にその気がなくても、あっちにはあるかもしれん」

呆れて開いた口が塞がらないとはこのことだ。

「もう……」

そんなことを気にしている忠継の胸に、伊吹は自分の頭を凭れさせた。心臓がとくとくと規則正しく動いている音が鼓膜を震わす。そんなことさえ、愛しく思った。

「美園さんは、花を買うとき、いつもお世話になっていたから……。それに僕にはちょっとだけ嫉妬《しっと》深い、大切な恋人がいるんです。心の底から大好きなので、浮気なんて絶対しません」

「伊吹……」

忠継の伊吹を抱く腕に力が入る。それを合図に伊吹は忠継の顔を見上げた。すぐに優しいキスが顔じゅうに降ってきた。

「忠継さん、くすぐったいです」

「伊吹、愛しているよ」

忠継はそう言うと、伊吹をそのまま布団へと押し倒したのだった。

たぶん明日も二人だけで過ごすことになりそうだ。

あとがき

ラルーナ文庫様、創刊おめでとうございます。新しいＢＬレーベルが増えて、私も一読者として、とても楽しみにしております。

さて今回は、久々に日本の物の怪、妖狐モノを書いてみました。実は私には九十九歳で亡くなった曾祖母がおりまして、明治生まれの曾祖母は生前、自分が体験した物の怪の話を私に一杯してくれました。その中で、今回作品にも使った、妖狐に「誰？」と聞くと「おね」と答えるというのがあって、当時の私はどきどきしながらその話を聞いていました。実際は妖狐同士だけではなく、人間が尋ねてもそう答えるそうですよ。

今回挿絵を描いてくださったのは小椋ムク先生です。色気が漂う且つ、癒されるイラストに胸がほっこりしました。いろいろと調べてもいただき、ありがとうございました。

担当様もご指導ご鞭撻、いつもありがとうございます。最後になりましたが、ここまで読んでくださった皆様に最大級の感謝を。どうか少しでも楽しんでくださいますように。

ゆりの菜櫻

どうも有り難うございました＊
小椋ムク

本作品は書き下ろしです。

ラルーナ文庫

この本を読んでのご意見・ご感想・ファンレターなどお待ちしております。〒110-0015 東京都台東区東上野5-13-1 株式会社シーラボ「ラルーナ文庫編集部」気付でお送りください。

妖《よう》狐《こ》上司《じょうし》の意《い》地《じ》悪《わる》こんこん

2015年9月7日　第1刷発行

著　　　者｜ゆりの 菜櫻《なお》

装丁・DTP｜萩原 七唱

発　行　人｜曺 仁警

発　行　所｜株式会社 シーラボ
〒110-0015　東京都台東区東上野 5-13-1
電話　03-5830-3474／FAX　03-5830-3574

発　　　売｜株式会社 三交社
〒110-0016　東京都台東区台東4-20-9　大仙柴田ビル2階
電話　03-5826-4424／FAX　03-5826-4425

印刷・製本｜シナノ書籍印刷株式会社

ISBN978-4-87919-876-1

ラルーナ文庫
LaLuna